北京市2015年实践教学项目

U0749469

东洋逸话

——日本民间故事集

聂中华 ○主编

浙江工商大学出版社
ZHEJIANG GONGSHANG UNIVERSITY PRESS

图书在版编目(CIP)数据

东洋逸话：日本民间故事集/聂中华主编.—杭州：
浙江工商大学出版社，2015.8

ISBN 978-7-5178-1235-7

Ⅰ.①东… Ⅱ.①聂… Ⅲ.①民间故事—作品集—日
本 Ⅳ.①I313.73

中国版本图书馆 CIP 数据核字(2015)第 191154 号

东洋逸话——日本民间故事集
聂中华　主编

责任编辑	罗丁瑞　姚　媛
封面设计	淄博艺趣网络科技有限公司
责行校对	刘　颖
责任印制	包建辉
出版发行	浙江工商大学出版社
	(杭州市教工路 198 号　邮政编码 310012)
	(E-mail:zjgsupress@163.com)
	(网址:http://www.zjgsupress.com)
	电话:0571－88904980,88831806(传真)
排　　版	罗丁瑞　姚　媛
印　　刷	浙江云广印业股份有限公司
开　　本	880mm×1230mm　1/32
印　　张	6.625
字　　数	103 千
版印次	2015 年 8 月第 1 版　2015 年 8 月第 1 次印刷
书　　号	ISBN 978-7-5178-1235-7
定　　价	30.00 元

前　言

　　读书的方式有两种：一是静心读，二是休闲读。

　　静心读就是静下心来静静地读。古时，文人骚客每每在读重要的书籍之前沐浴更衣，表面上看这只是一种仪式，但其真正的作用在于求得心静。

　　举行仪式表示诚心和诚意。一个人如果诚心诚意地去读书，心自然就会静下来。

　　经过沐浴更衣，身体就放松了。身体放松了，心就更容易静下来。

　　心静下来，就可以开始读书了。

　　心静下来，书就能读出味道了。

　　书只有读出味道来，才算读好。

　　所以，只有静心读书，才是真正的读书；也只有静心读书，才能读出"黄金屋"，读出"颜如玉"。

　　但是，人不能总是这样静心地去读书。

　　一方面，这样读书很辛苦；另一方面，对如今的多数人来说，

读书只是对工作和生活的一种补充，他们也只是在需要的时候才采用静心读的方式；再有，也不是所有的书都值得或需要静心去读，所以也不需要总是这样静心读书。

但书总是要读的。

这时，可以采取休闲读的方式。

休闲读，顾名思义，休闲是重点，读是次要的。这种读法对书只求其表，不求深刻。这看似不妥，但实际上也没什么不好的。

对大多数人来说，既然读书只是一种补充，就没有必要时时刻刻都把读书看成一件神圣的事。再说，这种以读书来休闲的方式总比闲聊、逛街、打麻将好得多吧。书，只要你读，总是有益的。

编　者

2015 年 3 月

目　次

うなぎ

「うむ、いいにおいだ。いつかいでも、いいにおいだ。」

　毎日、うなぎ屋の前を通る男が、息を大きく吸っていくのを見て、うなぎ屋の主人が、

　「おい、ちょっと待ってくれ。」

と、男を呼び止めました。

　「なんだい？」

　「おまえさんは、いつもうちの前を通るたびに、いいにおい

だと、かばやきのにおいをかいでゆく。うちも 商 売 だから、

ただでにおいをかがせるわけにはいかねえ。おまえさん、 家 へ

帰 るとそのにおいで 飯 を食うんだろう。と、なると、かばやき

をかったも同じだ。これまでの 一 月 分 、 六 百 文 はらって

もらおうか。」

　　「そうかい。六百文か。」

　 案 外 すなおに、 男 はふところから財 布 を出しました。

　　「ほらよ、百文、二百文…」

　 六百文を 台 の 上 に 投げ 出すと、 男 はかき 集 めて財布にし

まってしまいました。

　　「なんでしまうんだ？」

　　「これはにおい。そっちは六百文の 音 さ。」

难词注解：

息を吸う：吸气

呼びとめる：叫住

かばやき：烤鱼串

においをかぐ：闻味儿，嗅

ふところ：怀，怀抱

財布を出す：拿出钱包

財布にしまう：放到钱包里

鳗　鱼

"嗯，真香。这里总是香气扑鼻啊！"

一名男子每天经过这家鳗鱼店门口时，都要深深吸口气。有一天，鳗鱼店老板叫住了他。

"喂，请等一下。"

"什么事啊？"

"你总是在经过我们店前时说很香，也就是闻了烤鳗鱼的香味。我们是做生意的，烤鱼香不能白白地就给你闻走了。你回了家恐怕是就着这香味下饭的吧。既然如此，就等于买了烤鳗鱼了。到今天已经一个月了，请付六百文钱吧。"

"哦？六百文钱是吧？"

出人意料，那人老老实实地从怀里掏出钱包来。

"喂，看好了。一百文、两百文……"

把六百文扔到台上后，他又把钱扒到一处放回钱包里。

"怎么又收回去了？"

"我买的是香味，你收到的是六百文钱的声音啊。"

水の中の大ぐも

　暗い森の中のぬまの水は、黒ずんだ色をしていて、とき
おり魚のはねる音がするばかりだった。西村鉄四郎は、
よくこのぬまにつりに来る。

　その日もつりをしていた鉄四郎が、ふと足元を見ると、
銀色の糸が水の中からのび、足首に何重にも巻きつい
ていたではないか。

　「なんだこれは。」

ごうたんな鉄四郎もさすがにおどろいて、糸をなんとかはずすと、そばのやなぎの木に巻きつけた。

　ボキボキッと音がして、やなぎの木が根元（ねもと）から水中に引きこまれたのは、そのときだった。そして、バシャッとひときわ大きな水音がすると、巨大（きょだい）な二（ふた）つの光（ひか）る目（め）を持（も）ち、黒（くろ）い毛（け）の生えたおそろしい顔（かお）のくもが現（あらわ）れた。

　「おのれ、ようかい！」

　鉄四郎が刀をぬいてくもの足に切りつけると、ギャッという不気味（ぶきみ）な悲鳴（ひめい）を上（あ）げて、くもは底へしずんでいった。やがて、うかんで来たのは、なんと一間であろうかというお大ぐもの死骸であった。

难词注解：

ときおり：有时

切りつける：砍

水中大蜘蛛

黑暗的森林中，有个泛着黑水的池塘，有时能听到鱼儿跃出水面的声音。西村铁四郎经常来这个池塘钓鱼。

有一天，铁四郎又来钓鱼。他突然发现有很多银白色的丝从水下伸上来，在自己的脚踝上缠了好几层。

"什么东西呀，这是？"

铁四郎虽说胆大，这时也不由得慌了起来，慌忙把这些丝扯下，绕在了旁边的柳树上。

就在这时，只听得"嘎巴嘎巴"的声音，柳树被连根拉进了水里。紧接着，"哗"的一声，一只巨大的、两眼闪闪发光的、浑身长着黑毛的丑陋无比的蜘蛛从水里冒了出来。

"啊！妖怪！"

铁四郎拔出刀奋力向蜘蛛的脚砍去。"啊！"蜘蛛发出一声令人毛骨悚然的惨叫后，便沉入了水底。不一会儿，浮上来一具近两米长的大蜘蛛的尸体。

当たる占い

　お寺の門前でいつも店を出している占い師は、とてもよく当たるという評判があります。

　その日は天気もよく、子供たちがたこをあげて走り回っています。子供たちが騒ぎ回るので、占ってもらおうと言う人が、さっぱり現れません。

　「おい、おまえたら、商売のじゃまだ。どこか他の場所へ

行って遊べ。」と、しかると、

　「おじさん、よく当たると言う占いのおじさんだろう。」一人の
ガキ大将みたいな子が言います。

　「そうか、そうか。よく当たると言う評判が立っているの
かい。わしもなかなかのものじゃないか。だがな、ここでワーワ
ーさわがれては、占ってもらいたいと思う客も、うるさくて帰
ってしまう。どこか他のところへいってくれ。おまえたち、家は
どこだどこから来た？」

　「家がどこか当ててみな。当てたら向こうに行ってやらあ。」

难词注解：

店を出す：摆摊

たこをあげる：放风筝

騒ぎ回る：各处吵闹

ガキ大将：孩子王

評判がたつ：远近闻名

很准的占卦

有个算卦先生总是在寺院门口摆摊。此先生声名在外，大家都说他的占卦很准。

某天，天气很好，一群小孩在那里跑来跑去放风筝，来占卦的人一个也没过来。于是他叱道："喂，你们这些小家伙，不要妨碍我做生意，去别的地方玩去。"

"叔叔，你是那个占卦很准的叔叔吧。"其中一个孩子王模样的小孩说道。

"是啊，是啊。大家都说我占卦很准，远近有名呢！我可不是等闲之辈！你们在这里吵吵嚷嚷，连想来占卦的客人都觉得太吵而回去了。你们去别的地方吧。你们这些小家伙，家住哪里？从哪里来的？"

"你算一卦看看我们家住哪里，如果算准了我们就去对面玩。"

あま酒

　寒い夜でした。一人の中間が歩いていると、あま酒売りの屋台の灯が見えました。

　「こう寒くちゃ、熱い甘酒でも飲まなけりゃ、体がこおっちまうわい。」

　そう思いましたが、ふところのお金を数えてみると、五文しかありませんでした。甘酒は六文です。

　でも、どうしても甘酒が飲みたくてたまりませんでした。

　「ええい、一文ぐらいちょろまかしてやろう。」と、屋台へ行っ

て、あま酒を飲み、

「さあ、金を払うぜ。手を出しな。」

あま酒売りが手を出しました。

「へい、ありがとうございます。」

「ほら一つ、二つ…今夜はやけに寒いな。」

「ほんとに冷えます。」

「こう寒いと、熱いあま酒はいいねえ。」

「まったくでございます。」

「ええと、ほれ三つ…いま何刻だい?」

「かれこれ四つでしょう。」

「そうかい、五文…六文。ごちそうさん。」と、行ってしまいました。

难词注解：

中間：武士的仆役长

屋台：摊子

体がこおる：浑身结冻

ちょろまかす：蒙骗，蒙混

やけに寒い：冷得厉害，可真冷

かれこれ：大约

四つ：四时

甜米酒

寒冷的夜晚，一个武士的仆役长在路上走着。他看到了卖甜米酒摊子上的灯光。

"真冷啊，能喝点热热的甜米酒多好啊，浑身冻得冰似的。"

虽然这样想着，可是数数怀里的钱，没多少了，就剩下五文了。甜米酒要六文。可是无论如何都想喝甜米酒。

"诶，少了一文钱，就想办法蒙混过关吧。"

于是，他走进摊子，喝起了酒。

"喂，付钱了。伸出手来。"

"是，谢谢。"

"喏，一文、两文……今晚可真是冷啊。"

"确实觉着冷。"

"这么冷的天气，热乎乎的甜酒真是好东西呢。"

"确实如此。"

"嗯，三文……现在几时？"

"大约四时。"

"是吗？五文、六文。谢谢招待。"说着，他离开了摊子。

人形のかみがのびる

　「おそめはとうとう死んでしまいました。まだ、七つだったのに…」

　伊勢屋のむすめ、おそめは 急 な 病 気 で、わずか二日で死ん

でしまった。父と母の悲しみは深かった。子供はおそめ一人。だ

から、とてもかわいがっていたのだ。

　葬 式 もすんで、後に残ったのはおそめがいつも遊んでいた人

形だけ。両親はそれをおそめだと思い、大事に部屋にかざってお

いた。

「あなた、なんだか人形のかみの毛が長くなっているようですよ。」

「何。そんなことがあるものか。」

「耳の下辺りで切ってあったでしょう。それが今はかたの辺り…」

「そういえば、長くなったようだな。」

注意して見ていると、一日一日、人形のかみはのび続けている。かたから背中（せなか）へ…そして三ヶ月もすると、こしの辺りまでのびてきた。

「おそめのたましいが、この人形に宿（やど）っているのじゃ。おそめは人形の中に生きているのじゃ。」

両親はおそめに人形を、ずっと大事にしたという。

难词注解：

おそめ：楚芽（人名）

会长头发的玩偶

"楚芽到底还是死了，还只有 7 岁啊……"

伊势家的女儿楚芽因为患了急病，仅仅两天的时间就去世了。她的父母非常悲伤。伊势家没有别的孩子，只有楚芽这一个宝贝女儿，平时爸爸妈妈都很宠爱她。

葬礼结束之后，空空的房间只留下楚芽在世时最喜欢玩的玩偶。睹物思人，楚芽的父母把这个玩偶看作楚芽，小心地把它放在房间里。

有一天，楚芽的妈妈忽然发现玩偶的头发长长了，于是叫来了楚芽的爸爸，对他说："我说她爸，你看这玩偶的头发好像长长了呀。"

"什么？怎么可能呢？"

"你看，最早这玩偶的头发是在耳朵根下一点的，现在怎么已经长到肩膀了呢……"

"这么说来好像是长长了。"

从那以后，楚芽的爸爸妈妈一直留心着这个玩偶的头发。果然，他们发现这个玩偶的头发一天一天地慢慢长长。从最初发现的肩膀处长到了后背，然后仅仅过了三个月就长到了腰部。

看到这样不可思议的情景，他们坚信："一定是我们宝贝女儿的

灵魂寄宿在这个玩偶里面了，楚芽还活在这个玩偶里。"

听说从那以后，楚芽的爸爸妈妈就一直小心地爱护、珍惜着那个玩偶。

雪のはば

　朝、起きると外は一面の銀世界でした。

「おい、伝吉や。」

だんなが小僧を呼びつけました。

「へえ、何かご用で？」

「だいぶ雪が降ったな。」

「夜じゅうふっていたようで。」

「おまえ、物差しを持っていって、どのくらいあるか測っておいで。」

「はあ…この寒いのに嫌だな。」

小僧の伝吉さん、口の中で文句を言いながら、物差しを持って出て行きました。

しかし、なかなか帰ってきませんでした。

「あいつ、何してるんだ。」

じりじりしているところへ、顔を寒さで真っ赤にしながら、ハアハア言って伝吉が帰ってきました。

「バカに時間がかかったじゃないか。何をしていたんだ？」

「へえ。雪の深さは一尺と五寸でしたが、はばは広すぎて、測っても測ってもきりがありません。」

~ 20 ~

难词注解：

小僧：小伙计，学徒

呼びつける：叫来，传唤

物差し：尺

文句を言う：发牢骚

じりじり：焦急

ハアハア言って：气喘吁吁地

きりがありません：无止境，没个完

雪的宽度

早晨，一起床就看到外面是一个银白世界。

"唉，传吉啊。"老爷叫来小伙计传吉。

"嘿，什么事啊？"

"下了很大的雪啊。"

"好像下了一个晚上。"

"你拿尺子去量量雪有多少米！"

"啊？这么冷的天，真麻烦啊。"

小伙计传吉嘴里嘟嘟囔囔地发着牢骚，拿了尺子出门去了。可是，许久都不见他回来。

"那家伙，不知做什么去了。"正当老板等得焦急的时候，脸冻得通红的传吉气喘吁吁地回来了。

"你怎么花了那么长时间，做什么去了？"

"哎呀，雪深有一尺五寸，可是幅度太宽，我测啊量啊就是没个完了。"

身長ちがい

　背の高い男と、背の低い男が、高いへいの中をのぞこうと、苦心しています。

　「おい、おまえの肩に乗ったら、ちょうどへいの上に顔が出るかもしれない。」と背の低い男が背の高い男に言いました。

　「よし、かたに乗れ。」

背の低い男は背の高い男の肩に乗りましたが、まだ、へいの上へ顔が出ません。

「どうだ、見えたか？」

「ダメだ。後、もう少しなのに残念だ。」

「考えてみたが、それはあたりまえだな。」

「どうして？」

「おれのほうが背が高い。高いほうが上まで見える。そうだろう？だから、おまえの肩に乗ったほうが見えるってわけだ。今度はおれがおまえのかたに乗る。」

　そういうわけで、背の低い男の上に高い男が乗りました。

　され、へいの中が見えるでしょうか。

难词注解：

へい：围墙

苦心：绞尽脑汁，费尽心思

顔が出る：伸出头

あたりまえ：自然，当然

背が高い：身材高大

身高差别

高个子男人和矮个子男人煞费苦心地往一堵高高的围墙里看。

"喂，如果我骑在你的肩膀上，也许刚好就够伸出头了。"矮个子对高个子说。

"好，骑在我肩膀上吧。"

于是矮个子就骑在高个子的肩膀上去看。可惜，还是够不到围墙。

"怎么样？能看到吗？"

"不行啊，还是差了一点点。真可惜。"

"你想想，那是自然的。"

"为什么？"

"我的身材比较高大，高的就能看见上面，是吧？所以说，应该是我骑在你的肩膀上才能看到嘛。这次换我骑在你肩膀上。"

于是，高个子男人骑到了矮个子男人的肩膀上。

那么，这次他们能看到围墙里面吗？

けんかする石のきつね

　「お稲荷さんの石のきつねが、けんかをするのだ。」といううわさが広がった。

　その神社の社殿の前には、石のきつねが両側に並んでいる。そのきつねが夜になるとけんかを始め、朝になってみると、口にきつねの毛がくわえられているというのだ。若者たちが、それを確かめようと、夜おそく神社に行ってみた。

　「水が流れている音がする。」と、一人が言った。しかし、辺りには小川などはなかった。だが、その音を聞くうちに、若者たち

はなんとなく、起きているのか、ねむっているのかわからなくなった。

　そして，朝になると、きつねの片方に本物のきつねの毛がくわえられ、もう片方のきつねの口から首筋にかけて血のような赤いものがつき、しかも首に割れたようなさけ目が入っていた。

　「やはり、けんかをするのだ。」

　そこで、人々はきつねの石像を反対に向けることにした。それまでは二体とも正面を向いていたのだが、今度はしっぽとしっぽを向い合わせにしたのだ。

　そののち、石のきつねはけんかをしなくなったという。

难词注解：

くわえる：叼，衔

打架的石头狐狸

大家都在议论："五谷神社的石头狐狸会打架呢。"

大家议论的那个神社的神殿前，立着两只用石头雕刻的狐狸。听说，那两只石狐一到夜晚就开始打架，第二天早上当你去看那两只石狐时，还会看到石狐的嘴里都叼着狐狸毛呢。有一群年轻人为了查明真相，半夜去了神社。

"你们听，好像有水流的声音。"其中的一个年轻人说道。可是，这附近连小河都没有，又哪来水流的声音呢。奇怪的是，当这群年轻人听了水声之后，不知为什么都变得不知道自己究竟是睡着了还是醒着的，反正都变得糊里糊涂的了。

到了第二天的早上，大家看到，两只石头狐狸中一只嘴里叼着真狐狸的毛，另一只从嘴巴开始一直到颈部沾着血一样的东西，并且头上也出现了一条像是被打破的裂缝。

"果然打架了啊。"

于是，人们决定把那两只立在神殿前的石狐换一个方向。从前，这两只石头狐狸是面对面立在神殿前的，现在把它们各自向后转了一百八十度，变成尾巴对尾巴了。

听说从那以后，那两只石头狐狸就再也没有打过架了。

若返りの水

　昔、あるところにおじいさんとおばあさんがいました。

　ある日、おばあさんは川へ洗濯に行きましたが、なかなか

帰ってきませんでした。やがて、帰ってきたおばあさんを見て、

おじいさんはびっくりしました。

　「おまえか？ほんとにおまえか！」

　おばあさんは、すっかり若くなっていたのです。

「川の水で体を洗ったら、四十は若くなってしまったの。」

「そりゃあいい。さっそく行ってこよう。わしは二十の男になってくるぞ。」

おじいさん、喜んで川へ出かけましたが、いつまでたっても帰ってきませんでした。

さすがに心配になって、若くなっておばあさんは川に行って見ました。

すると、おじいさんの着物はありますが、姿が見えませんでした。

「もしかしたら、流されたのでは。」と、思ったとたん、岩のかげで「オギャア、オギャア…」と泣き声が聞こえました。

おじいさんは長い間、水につかっていたので、赤ん坊になっていたのです

难词注解：

心配になる：使人担心

とたん：正当……的时候

水につかる：泡在水里

返老还童水

从前，在某地有个老大爷和老婆婆。

有一天，老婆婆去河里洗衣服。可是许久都不见她回来。之后，老大爷惊奇地发现回来的老婆婆变年轻了。

"是你吗？真的是你？"

老婆婆变得非常年轻了。她说："如果用河里的水洗澡的话，就会年轻四十岁哩。"

"那好啊。我马上就去，我要变成二十岁的小伙子回来。"

老大爷欣然出门朝河边走去，可是过了不知道多久，也不见他回来。

变年轻的老婆婆非常担心，就去河边找。

她发现，虽然有老大爷的衣服，但却没看见他的人。

"莫非被水冲走了吗？"正想着，岩石后面传来了呱呱的啼声。

原来老大爷因为泡在水里的时间过长，已经变回了一个婴儿。

あんころもち

　友だちが長い間病気だと聞いて、お見舞いに行くことに
しました。

　「病気じゃ、あまり食べられないだろうが、あいつはあんころ
もちが好きだから、それでも持っていってやろう。」

と、あんころもちを百文ばかり買って箱につめさせました。
一個2文ですから五十個でした。

　友だちはねていたので、あんころもちを置いてその日は帰りま

した。

「だいぶやせていたな。せっかくだからもう一度行ってやろ
う。」

と、次の日に行って、

「どうだい、病気は？」

と聞くと、友だちは、

「食(た)べられない状(じょう)態(たい)が続(つづ)いてねえ。」

昨日(きのうも)持っていったあんころもちの箱(はこ)を出(だ)しました。見(み)ると一
つしかありませんでした。

「食べられないと言うのに、これはどうしたことだ。」

「その一つが腹(はら)いっぱいで食べられないんだよ。」

难词注解：

ことにする：決定

あんころもち：豆沙黏糕

箱につめる：装进盒子

腹いっぱい：饱腹

豆沙黏糕

有一个人听说朋友长期生病，于是决定前去探望。

"生病可能吃得不多。那家伙喜欢吃豆沙黏糕，那么我就带豆沙黏糕去吧。"

于是，他买了一百文钱的豆沙黏糕装进盒子。豆沙黏糕两文钱一个，所以一共是五十个。

去的时候朋友正在睡觉，所以他放下黏糕当天就回去了。

"瘦得厉害呢，既然是特意前去探望，那么再去一次吧。"这样想着，他第二天又去了朋友那里。

"你的病怎样了啊？"

朋友说："一直食不下咽的。"

他拿出昨天拿来的装豆沙黏糕的盒子。一看只剩下一个了。

"你说食不下咽，那这是怎么回事呢？"

"肚子很饱了，那一个吃不下了。"

白いかみの女

　大雨が何日も何日も降り続いた。

　名主の家の主人は留守で、家には妻と奉公人がいるだけだったが、妻がふと見ると、座しきに見たこともない。女が一人すわっているではないか。

　「もし、あなた、人の言えに無断で上がりこんで、いったい、どなたですの？」

女は頭にかさをかぶり、白い着物を着た上品な姿をしていたが、声を聞いてかさを取った。

　「あ…」

　年は二十四、五にしか見えないのに、かみは真っ白だった。「この辺りの者です。一刻も早く、ここを立ちのきなさい。立ちのかないと、大変な目にあいますよ。」

　そう言うと女は、すうっと部屋を出て行ってしまった。妻は物も言えず、その後を見つめたが、女の姿はもうなかった。

　間もなく主人が帰って来たので、妻はこの話をしたが、主人は信じようとしなかった。

　そのとき、大雨で川があふれ、家々をおし流した。

　名主の家の裏にあった小さな社も流された。白いかみの女は、その社の神だったのだろうか。

难词注解：

上がりこむ：进来

白发女子

连日大雨。

名主不在家，家里只有妻子和仆人。突然，妻子发现一个素未谋面的女子坐在房间里。

"喂！你怎么随便到别人家里来？你到底是谁？"

女子头戴草帽，身穿白色和服，姿态优雅，闻声取下了草帽。

"啊……"

虽然她看上去只有二十四五岁，但头发全白了。

"我就是这一带的人。赶紧离开这儿，若不离开，会遭殃的。"说完，女子就快速离开了房间。妻子一言不发盯着她背后，那女子一下消失了。

不久丈夫回来了。妻子把刚发生的事告诉了他，丈夫并不相信。

当时正值大雨，后来河水泛滥，家家户户都被水冲走了。

名主家后面的那座小庙也被冲垮了。那个白发女子，一定就是那座庙里的神仙吧。

焼いてしまった

　おやじが四、五日、とまりがけでいなかへ行くことになり、「わしの留守に客が来たら、旅に出たと言え。」と、息子に言いました。

　むすこは忘れてはいけないと思い、その言葉を紙に書いて、紙を出しては見ていましたが、一日たっても二日たってもおとずれる人はありません。

　「だれも客なんか来ないじゃないか。もうこんなものいらないや。」と、書いたものを出して焼いてしまいました。ところが、次

の日、客が来ました。

　「お父さんは?」

　むすこは言葉を忘れて、大あわてで紙を探しましたが、もちろんもうありません。しかたなく、

　「きのう、なくなりました。」

　客はびっくりして、

　「お元気だったのに。どうなされたのです?」

　「もう、焼いてしまいました。」

难词注解:

とまりがけ: 预定在外住宿

留守: 不在家

しかたない: 没办法，不得已

烧掉了

父亲决定出门去乡下住四五日，临行前对儿子说："我不在家的时候，如果有客人来访，就说我去旅行了。"

儿子心想不能忘记父亲的话，就把父亲讲的写在纸上，时不时拿出纸来看看。但过了好几天也不见有客人上门。于是儿子寻思着"一个客人也没有来，那么这张纸已经不需要了"，把纸拿出来烧掉了。

可是次日就来了位客人，客人问："你父亲呢？"

儿子忘记了父亲的话，慌忙寻找那张纸。当然，纸已经烧掉了。没办法，儿子只好回答说："昨天没了。"

客人非常吃惊："身体那么硬朗，怎么没了呢？"

"已经，烧掉了。"

柿どろぼう

「おう、今夜、あの家の柿をいただこうじゃねえか。」

「あまくてうまいといううわさだぜ。」

　二人の若い男が、その夜、柿をぬすみに行きました。柿の木はへいの内側です。

「おれが落とすからおまえ拾えよ。」

　と、一人が柿の木から柿を落として、ポンポンへいの外へ投

げます。

　「おい、落ちたよ。」と、へいの<ruby>外<rt>そと</rt></ruby>から<ruby>声<rt>こえ</rt></ruby>がしました。

　「あたりまえだ。<ruby>落<rt>お</rt></ruby>としているんだもの。」

　「<ruby>落<rt>お</rt></ruby>ちちゃったんだよ。」

　「じゃあ、<ruby>捨<rt>す</rt></ruby>てちまえ。<ruby>傷<rt>きず</rt></ruby>がつくとまずいからな。」

　「落ちたってば。」

　へいの外ではどぶに落っこちた男が、起き上がれずに手足をバタバタやっていました。

难词注解：

ポンポン：砰，嘭

傷がつく：受伤

どぶ：水沟，阴沟

バタバタ：吧嗒吧嗒

偷柿子

"喂，今天晚上去摘那家的柿子如何？"

"听说又甜又好吃啊。"

两个年轻男子约定晚上去偷柿子。柿子树在围墙内侧。

"我往下扔，你来捡。"

于是其中一人爬到树上砰砰嘭嘭地朝外面扔柿子。

此时忽然从围墙外传来声音说："喂，掉下来了啊。"

"当然，是掉下来了啊。"

"掉进去了啊。"

"那就捡起来啊。柿子要是砸伤就不好吃了。"

"掉进去的是我。"

围墙外，掉进阴沟的那人吧嗒吧嗒手脚乱动，没法起来了。

まんじゅうこわい

　長屋の若者四、五人がまんじゅうを食べているところへやってきた友達急に青い顔をしてふるえました。

　「どうした？ぐあいが悪いのかい。」

　「そ、そのまんじゅうだよ。おれはまんじゅうを見ると、こわくてふるえがくるんだよ。」

　「へえ。変な癖があるんだねえ。おい、ちょっとこいつをか

らかってやろうじゃないか。」

　と、物置に引っ張っていてって、山盛りにしたまんじゅうを入れ、外からかぎをかけてしまいました。

　しばらくして、

　「やけに静かだな。まんじゅうを見て、もしかしたら引っくり返って、死んじまったんじゃねえか。」

　と、心配になって、かぎをはずして中をのぞくと、山盛りのまんじゅうは消えて、友だちは元気な顔ですわっています。

　「おや、いきていてさっきより元気だぜ。まんじゅうはどうしたい？」

　「あんまりこわいんで、みんな食べちゃった。今度はお茶がこわい。」

难词注解：

物置：库房

山盛りにする：盛满

かぎをかける：上锁

ひっくり返る：倒下

かぎをはずす：开锁

馒头恐惧症

大杂院里四五个年轻人正在吃馒头，此时来了一个朋友。这朋友突然脸色苍白发起抖来。

"怎么了？身体不舒服吗？"

"那，那馒头——我有馒头恐惧症——见了馒头就怕得直发抖呢。"

"啊？原来你有这样的怪癖呀——哎，我们逗逗这家伙吧！"说着他们把朋友拉到一间库房里，放进一盘堆得满满的馒头，并从外头把门锁上。

过了一会儿，一帮人开始担心起来。"太安静了啊。莫非这家伙看到馒头倒下不行了？"

这样想着，大家就把锁打开往里探视：

堆得带尖的馒头不见了，朋友端坐在那，脸上神采奕奕。

"哟，您还活着！比刚才容光焕发多了嘛！馒头的滋味如何？"

"不怎么害怕了，全都吃掉了。现在是茶恐惧症了。"

山伏のうらみ

　八郎は親にかくれて、悪いことばかりしていた。八郎の父の友だち山伏が、

　「このようなことは言いたくないのだが、八郎殿は…」と、悪事の数々を話したから、父はたいへんおこって、八郎に、「もう親子ではない。出て行け！」

　と、追い出してしまった。

　「告げ口をしたのは、あの山伏。覚えていろ！」

八郎は山伏を待ちぶせて、その首を切り落とした。すると、切り口からいなずまのような光がほとばしった。

　その後、八郎が酒を飲もうとすると、さかずきの中に死んだ山伏の顔があった。たらいの水にも、井戸にも鏡にも。どこにでも山伏の顔が見えた。

　八郎のとなりに、血だらけの山伏がすわっていることもあった。その姿は八郎だけにしか見えなかった。

　「おのれ、化け物。きさまなんかに負けるものか。」と、いばっていた八郎も、だんだんやせてきた。

　ある夜、青い火の玉が飛んで来て、八郎にぶつかったとたん、八郎は青い火に包まれた。

　火の玉には山伏の顔があった。

难词注解：

待ち伏せる：伏击

山僧复仇

八郎背着父母净做坏事。"这种事实在不想说，八郎君……"父亲的朋友，一个山僧说了八郎做的种种坏事后，父亲大为光火，怒道："你我不再是父子！滚出去！"于是就把八郎撵出了家门。

"是那山和尚告的密。和尚你等着！"

八郎伏击了山僧，把他的头砍了下来。顿时，伤口处喷出一道闪电般的光。

从那以后，每次八郎要喝酒的时候，杯中就会出现山僧的脸。水盆里、井里、镜子里，哪儿都能看到山僧的脸。

满身血污的山僧，有时就坐在八郎身旁。只有八郎能看到他。

"你这个怪物！难道我还怕你不成？"八郎逞强般喊道，但终究还是日渐消瘦。

有天夜里，飞来一团蓝色的火焰，一碰到八郎，就把他包围了。

火团里现出了山僧的脸。

かごや急行

「おい、かごや。急いで行ってくれ。」

　と、辻かごに乗った男、なかなか太っているので、かごや
も重くて急げません。

　「おそいな。もっと速く行け。」

　「そういわれますが、だんなは重くてねえ。これが三人で
担ぐのでしたら、もっと速く走れますがねえ。」

　と、かごやがいいます。

　「おまえたちは人を乗せて運ぶのが商売だろう。文句

を言わずに、さっさと行けよ。」

　「無理ですよ。」

　「三人なら速いのか？」

　「もちろん。」

　「では、おれもかつごう。」

　と、かごやといっしょにかごをかついで走り出しましたとさ。

难词注解：

かご：轿，肩舆

さっさと：赶快地，迅速地

快 轿

　　某人坐上了街头揽客的轿子。因为他长得太胖，轿子沉重无法快行。

　　"喂，轿夫。给我快点走。"

　　"真慢啊，再快点走。"

　　听了客人的催促，轿夫回答说："话是这么说，可是老爷您太重了，要是有三个人抬轿子的话就能更快了。"

　　"你们抬轿子载人做生意的，不要抱怨什么，快点走啊！"

　　"难以办到啊。"

　　"如果三个人来抬就会快吗？"

　　"那是当然。"

　　"那么我也来抬吧。"

　　说着，他就出轿和轿夫们一起抬着轿子跑了起来。

毒へびの仕返し

「へびだ！」

内藤というさむらいが庭を歩いていると、目の前に黒いへびが出て来た。内藤はへびが大きらいだ。

持っていたつえで、いきなりへびを力まかせになぐりつけた。へびは草むらににげこもうとし、内藤のほうへ首を上げて、シューッとけむりのようなものをふきかけ姿をかくしてしまった。

そのときから、けむりのようなものが当たった左の目は痛み

出し、大きくはれ上がってきた。体じゅうが寒気でガタガタとふるえ出した。

　翌日、下男が、草むらの中で左目をつぶされて死んでいるへびを見つけた。へびは内藤のつえで、目と頭をなぐられたらしい。

　「ふふっ、へびが…へびが来る…」内藤は苦しみながら、うわ言を言い続けた。

　熱が高く、内藤の目にはへびがいるように見えるらしい。

　五日目になって、とうとう内藤は死んでしまった。へびのたたりだと人々は話し合った。

难词注解：

なぐりつける：殴打，击打

はれ上がる：肿

毒蛇复仇

"蛇！"

有个叫内藤的武士正走在院子里，突然眼前出现了一条黑蛇。内藤最讨厌蛇了。

内藤用随身带的拐杖，使尽浑身力气打下去。蛇正要逃进草丛里时，昂起头朝内藤"咝——"地喷出一口烟似的东西，然后躲了起来。

从那以后，内藤被烟雾似的东西喷中的左眼开始疼痛起来，而且肿得越来越厉害，身子冷得直打哆嗦。

第二天，男仆在草丛里发现了一条左眼被打坏了的死蛇。蛇好像被内藤的拐杖击中了眼睛和头。

"呜，蛇……蛇来了……"内藤非常痛苦，不停说着胡话。

内藤发着高烧，眼睛里看上去好像有条蛇。

到了第五天，内藤最终还是死了。

大家都说是蛇在复仇。

おぼれない方法

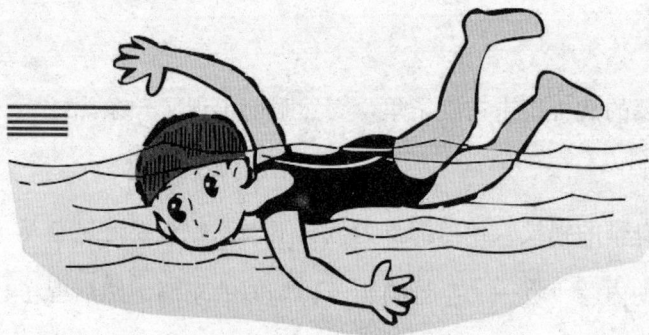

　水練道場の看板を出した人がいて評判になりました。

　「あそこの先生は、絶対おぼれない方法を教えてくれるんだよ。」

　「そいつはありがたい。こないだ、すべって川に落ちて、あやうくおぼれそうになったところだ。さっそく、入ろう。」

　と、道場に行って、

　「先生、絶対おぼれない方法を教えてくれませんかねえ。」

　「いいとも、では教授料をいただこう。」

「へえ。前ばらいですか。」

「そうじゃ、これは昔から伝わる秘伝でな。めったなことではおしえられんのじゃが…両足を出しなさい。」

言われたとおり両足を出すと、先生、墨の線で足首の周りをぐるりと囲んで、

「はい、よろしい。」

「これからどうするんです？」

「この線より深いところには入らぬことじゃ。絶対おぼれぬぞ。」

难词注解：

水練道場：游泳讲习所

看板を出す：挂牌开业，挂招牌

あやうく：险些

前ばらい：预付

ぐるりと囲む：彻底围上

淹不死的方法

大家都在议论一家刚开业的游泳培训班。

"那里的老师，会教我们一个绝对不会淹死的方法呢。"

"那太好了。最近有一次我滑倒掉进河里，差点淹死。马上进去看看吧。"

于是，有人走进讲习所问老师："老师，你可以教我绝对不会淹死的方法吗？"

"可以是可以，那么请交学费吧。"

"哦。是要预付款的吗？"

"是啊。这是祖传秘诀呀，世间罕有……好，请伸出你们的双脚！"

于是大家依言伸出双脚——老师用墨在他们的脚踝处画上一圈线。

"好，可以了。"

"接下来如何做呢？"

"不可进入水深超过此线的地方。照此去做就绝对不会淹死了。"

きつね火

「ありやあ、きつね火だ。」

　ボーッとちょうちんの火のような明かりが一つ、二つとやみの中に増えていった。五つ、六つ…吉兵衛は、目を丸くしてそれを見ていた。

　火はゆっくりと動いていた。

「ひゃっ、水の上を…」

　十ばかりに増えた火が、川の上をわたって行ったではないか。

水の中にだれかが入っている様子はない。

「いや、火だけ並んでわたって行くのだ。」

「初めてきつね火というやつを見たぞ。きつねの正体を見届けてくれよう。」

吉兵衛はそっと火のほうに近寄っていった。

「あっ！」

ふいに、いっせいに火が消え、辺りは真っ暗やみ。

「ど、どこへ消えた？」

やけに足が冷たいのに気づいた吉兵衛は、またびっくりした。

「いつ、どうやって来たのか、川の中にいるではないか。」

消えたきつね火が、また、いっせいについてゆらゆらと遠くなっていった。

难词注解：

目を丸くする：睁大眼睛

正体：正面

~60~

鬼 火

"啊呀！是鬼火！"

一、二……像灯笼里的火一样的光亮在黑夜中慢慢地多起来。

五、六……吉兵卫看得眼睛都瞪圆了。

火在慢慢地移动。

"哈，是在水上……"

火增加到了十几处，正从河的上空穿过去。河里什么人都没有。

"呀，真的只有火在排列着穿越。"

"第一次看到鬼火呢。让我看看鬼火的正面。"

吉兵卫悄悄地向火的方向靠近。

"啊！"忽然，所有火一下子消失了，四周一片黑暗。

"去……去哪里了？"

吉兵卫发现自己的脚冻得要命，大吃了一惊。

"我是什么时候来的，怎么来的？这不是在河里吗？"

刚刚消失的鬼火，又亮了起来，飘忽着远去。

半時計

　「これは 珍 しい時計でございます。半時計と申しまして、
小半刻ごとにチンと鳴ります。」

　道具屋がもってきた時計というものを、はじめて見た 主 人 は、

　「これはめずらしい。いくらじゃな。」

　「へえ、一 両 二 分でございます。」

「よし、買おう。」

と、さっそく買った時計をおいてながめました。

なにしろ話には聞いていましたが、実際に時計を見たのは初めてなのでした。

やがて、針が回って、チンチンと時間を知らせました。

「おおい、ちょっとおいで。」

主人は店の者を呼ぶと言いました。

「今、時計が鳴った。何時なのかとなりへ行って聞いておいで。」

难词注解：

小半刻ごとに：每半个小时

道具屋：旧货店，古董商店

針が回る：表针转动

チンチンと：（铃音）当当地响

半　钟

　　古董商店老板拿出一口钟，说："这是很罕见的钟，叫半钟。每半个小时就会铃铃地响。"

　　一位开店的老板第一次看到这样的钟，便问："这确实很少见，多少钱啊？"

　　"嘿，一两二分钱。"

　　"那好吧，我买了。"

　　于是他立刻把买下的钟放在那端详起来。因为虽然从别人那里听说过，但还没有真正看到过闹钟。不久，表针转动着，当当地响起铃声报时了。

　　"喂，过来一下。"老板叫来店里的人说，"闹钟响了，去隔壁问问现在几点了？"

赤い化けねこ

　朝、市之丞はふと、となりの庄五郎の家の井戸を見て顔色を変えた。

　庄五郎の母が顔を洗おうとしていたのだが、その口の周りが血だらけなのだった。

　人の気配でふり向いた母親は、ものすごい目つきでにらんだかと思うと、六尺ほどのへいを、軽々と飛び越えて姿を消した。

　「召使いがまたいなくなった。」

市之丞が庄五郎の話を聞いたのは、その夕方であった。庄五郎の家では召使いの女がすでに二人、ゆくえ不明になっていた。市之丞は庄五郎に、朝見たことを話した。

　「ごうも母の様子がこのところおかしいと思っていた。母 が飼っていた 赤ねこがいなくなってからじゃ。もしかしたら、ねこが…」

　庄五郎と市之丞は大きな犬を五、六ぴき、母親のそばへ近づけてみた。犬たちはいっせいに母におそいかかった。

　母親は、大きな赤ねことなり、犬と大かくとうを始めたが、とうとう犬たちに食い殺されてしまった。

　その後、母と召使いたちの 骨 がゆか下で 発 見 された。

难词注解：

化けねこ：猫妖

～ 66 ～

红色猫妖

清晨，市之丞不经意间往隔壁庄五郎家的井里一看，脸色都变了。

庄五郎的母亲正要洗脸，嘴边都是血。

听到动静，庄五郎的母亲回头一看，露出可怕的眼神，立即逃跑似的，轻而易举地跳过六尺左右的围墙，消失了踪影。

"佣人又不见了一个。"

市之丞听庄五郎说起此事时，已经是当天的傍晚了。庄五郎家已经有两个女佣下落不明。市之丞便把早上看到的一幕告诉了庄五郎。

"总觉得母亲这几天怪怪的。还以为是母亲养的红猫不见了的缘故。也许，猫……"

庄五郎和市之丞带着五六条大狗，试着向母亲靠近。众狗顿时向母亲猛扑过去。

母亲变成了红猫，开始与狗恶战，终究难敌众狗，被咬死了。

后来，母亲与女佣们的尸骨在地板下被发现了。

おまじない

　「おい、尾張屋さんまで使いに行っておいで。」

　番頭さんに言われて、小僧はもじもじして、

　「あそこにはすぐにほえたり、食いついたりする犬がいるんですよ。」

　「なあに、てのひらに『虎』という字を書いて、犬が向かってきたら、そいつを見せるんだ。『虎』にはかなわないから、犬はこそこそにげてしまう。」

「それはいいことを聞きました。」

　と、さっそく『虎』という字を書いて、お使いに出かけましたが、やはり犬が飛び掛ってきて、てのひらの字を見せたのに食いつかれてしまいました。

　「おやおや、血だらけじゃないか。」

　「番頭さんのいうとおりしたんだけど、こんなに食いつかれてしまいました。」

　「ちゃんと『虎』の字を見せたんだろうな。」

　「この字が目に入らぬかと、どなったんですが…」

　「ははあ、わかった。」

　「わかりましたか？」

　「その犬は字が読めなかったんだ。」

难词注解：

番頭さん：掌柜

小僧：小伙计

もじもじ：忸忸怩怩

食いつく：咬住，咬上

こそこそ：偷偷摸摸

不可搞混

"喂，你去尾张屋那里办点事。"

听掌柜的这么一说，小伙计有些忸怩起来，说："那里有只凶猛的狗，又吠又咬的。"

"什么嘛，你在掌心写上一个'虎'字，如果狗朝你而来，你就向它出示此字；因为狗敌不过老虎，所以它就会夹着尾巴逃走的。"

"那真是好办法。"

于是，伙计马上写上"虎"字出门去办事了。不料那狗还是猛扑过来，伙计虽然出示了掌中的"虎"字，却还是被咬了。

"哎呀哎呀，怎么全是血啊？"

"我依掌柜所言，可还是被咬成这样了。"

"你有没有好好让它看到'虎'字啊？"

"我有对着它大声喊：'看见这个字了吗？'可是……"

"哈哈，我知道了。"

"知道了？"

"因为那只狗不识字啊！"

へびむすめ

　　下町の商人のむすめは十才になった。

　このむすめは生まれたときから、明るい所をきらって、昼間はいっさい表に出ようとしなかった。

　「いいお医者さまにみてもらおう。黒い紙を顔に当てて、光を見ないようにして外へ出ればよかろう。」

　むすめはその言葉に、ようやく承知したので、父親はほっとした。

だが、人通りの多い場所に出たとき、風が黒い紙を、あっという間に飛ばしてしまった。

　むすめはとつ然、走り出した。

　「これっ、待て！」

　むすめの走る速さはふつうではなかった。父親たちがあわてて追うと、むすめはお城のほりへどぶんと飛びこんでしまった。

　さあ、大さわぎだった。許しなくおほりに入ってはいけないことになっているので、さわいでいると、ほりの水がうずを巻き始め、その中心から一ぴきの白いへびが空中に飛び上がり、そのまま空のかなたへ消えた。むすめは白いへびの化身だった。

难词注解：

あっという間に：瞬间

飛び上がる：飞

蛇姑娘

在下町，有个商人的女儿十岁了。

这个姑娘自出生以来就讨厌明亮的地方，白天绝不走出大门。

"找个好医生看看吧。用黑纸贴在脸上，看不到光，就可以出去了。"

姑娘终于答应了这个建议，父亲松了一口气。

可是，就在姑娘来到人来人往的地方时，忽然一阵风吹来，一下就把黑纸给吹走了。

姑娘突然跑了起来。

"等等！"

姑娘的奔跑速度非同寻常。父亲他们急匆匆追上去，可姑娘扑通一声跳进了护城河。

人群大乱，因为政府规定任何人不经允许不准进入护城河。正喧闹时，护城河的水起了漩涡，一条白蛇从河中心腾空而起，消失在茫茫天际。原来姑娘是白蛇的化身。

身投げ

　昔、江戸の大きな橋には、番人がいて通行料を取る
所がありました。

　「近ごろ、この橋から身を投げる者が毎晩いるというこ
とだ。よく、見張っていろ。」と、役人に言われて、橋番の
おじいさん、夜も寝ないで見張っていました。

すると、一人の若い娘がやってきて、橋の真ん中に立ち止まり、じっと暗い川の流れを見つめていました。

　「あのむすめ、きっと川へ飛び込むつもりに違いねえ。」

　おじいさん、あわてて走り寄り、むすめをつかまえました。

　「これ、ここから毎晩身を投げるのはおまえだろう。」

难词注解：

番人：看守，值班人

身を投げる：投河

見張る：看守，監視

橋番：守桥人

飛びこむ：跳入，跳进去

投 河

　　以前，江户有一座大桥。这桥有专人看守，收取过桥费。

　　一次，官吏对守桥的老头说："听说最近每晚都有人从这座桥上投河，你要用心看守。"

　　于是，老头晚上觉都不睡地看守着。

　　果然，来了一个年轻姑娘，她在桥中间站住了，一动不动地盯着黑暗的河流。

　　"那个姑娘一定是想跳河吧。"

　　于是老头慌慌张张跑过去拉住那女子说："喂喂喂，你就是每天晚上从这投河的人吧。"

消えた家

　ならず者の 助十 は、ばくちに負けて一文無しになり、野
原の暗い道をとぼとぼと歩いていた。

　いつの間にか見なれない道にいることに気づいた助十は、明か
りのもれている一けんの家に気づいた。

　「はて、こんな所に家があったかなあ。」

　明かりを見た助十は、急に悪心を起こした。

　おし入って金をうばおうと、そっと近づき、戸のすき間から中

をのぞきこんだ。

「女ひとりらしい…」

若い女が着物をぬっているのが見えた。

助十は表戸をがらりと開け、一歩、家の中へ足を踏み入れたとたん、目の前が真っ暗になって気を失ってしまった。

明くる朝、通りかかった人が、古い墓に一歩足をつっこんでたおれている助十を発見した。

人々にかいほうされて、ようやく気がついた助十は、ふるえながら話をした。

「家の中へ片足を入れたとたん、明かりも家も女も消えたんだ。こっちを見た女はいつの間にかがい骨になっていたんだ。それっきり何もわからなくなった…」

难词注解：

ならず者：无赖

とぼとぼ：无精打采

踏み入れる：跨进

消失的房子

无赖助十，因赌博输了钱，身无分文，无精打采地走在野外黑漆漆的路上。

助十突然意识到自己走的路不知什么时候已看不清了，这时他发现了一间漏出灯光的房子。

"咦，这种地方居然有房子啊！"

助十看到灯光，顿起歹意。

"进去抢钱！"助十这样想着，悄悄靠近房子，从门缝向里面窥视。

"好像有个女的……"

助十看到一个正在缝制和服的女子。

他"哗啦"一声拉开正门，一只脚刚跨进房内，眼前就一片黑暗，失去了知觉。

第二天早晨，一个路人发现了倒在地上的助十，他的一只脚伸在坟墓里。

在众人照顾下终于恢复意识的助十，哆嗦着说起了昨夜的事。

"我刚一脚跨进房子，灯光呀房子呀女子呀顿时消失了。在这儿看到的女子不知什么时候变成了骸骨。然后我就什么都不知道了……"

星取り

　「おい、珍念、おまえそこで何してるんじゃ。」

　夜です。お寺の和尚さんが気持ちのいい外の空気を吸いに庭に出てみると、小僧の珍念が棒を持って、盛んに空へ向かって振り回しています。

　空には一面に美しい星がかがやいています。

「これは和尚様。わたくし、星があまりきれいなので、一つ取ろうと棒を振り回しているのですが、なかなか取れなくて…」

「ばかだな、庭で棒をいくら振り回したって、空の星が取れるはずはない。」

「そうですか。」

「裏に長い物干しざおがある。あれを持ってきて屋根にのぼりなさい。」

难词注解：

空気を吸う：呼吸空气

盛んに：频频

ふり回す：挥舞

物干しざお：晾衣竿

屋根：屋顶

摘　星

"喂，珍念，你在那做什么呢？"

一天晚上，寺院里的大和尚正心情舒畅地出门呼吸新鲜空气，看到小和尚珍念拿着根棒子不停地朝空中挥舞着。

满天美丽的星星正闪闪发光。

"噢，师父，我看这星星太美了，想摘一颗下来。可是不管我怎么挥棒子，还是没法够到……"

"真蠢啊。你在院子里再怎么抢棒，也不可能够到星星。"

"是吗？"

"后院有根长长的晾衣竿，你拿那竿子爬到屋顶去。"

ゆうれいのおわん

　旅人が三人、山の中で道に迷い、日が暮れてきた。

　「こいつは弱かった。食べ物もないときでる。腹がへって動けねえや。」

　「こんな所で野宿かい。気味が悪いや。」と、言っていると、

　「これを食べなさいよ。」

　だれかがおわんにいっぱいのご飯を出した。辺りはすっかり暗くなっていた、だれが出したのかわからなかった。

「なんだ、こんないいものがあったのかい。」

大喜びで食べ、朝になってみるとおわんのことはだれも知らなかった。

「この辺の人がめぐんでくれたんだろう。」

歩き出して、しばらく行くと一けんの家が見えた。

「あの家の人だろうよ。」

その家に行って、おわんを差し出し、ご飯のお礼を言うと、その家の主人は、「確かにうちのおわんだが、これは七日前に死んだせがれに供えたもの。きっと、せがれが困っていたあなたがたに持っていってあげたのでしょう。」と、言った。

难词注解:

気味が悪い：感覚差

せがれ：儿子（对自己儿子的谦称）

幽灵之碗

有三个旅客在山中迷路了，这时天已经黑了下来。

"这样不行。吃的东西都没带就来了，肚子饿得走不动了。"

"要在这种地方过夜吗？慌兮兮的。"

话音刚落，只听得一句"吃这个！"有人递过来满满的一碗饭。四周已一片黑暗，不知是谁递过来的。

"哇，竟然有这么好的事情！"

三人满心喜悦地吃完。到了早上，谁都不知道饭碗的事。

"是附近的人施舍我们的吧。"

走出去一会儿，他们看到了一户人家。

"是那户人家吧！"

于是他们到了那户人家家里，拿出饭碗，道了谢。那家主人说："是我们家的碗，不过是供给七天前死去的儿子的。一定是儿子看你们陷入困境，拿去给你们了吧。"

すもう見物

　身長七尺以上の釈迦が嶽と仁王堂の、二人の
大関の取り組みがあるというので、すもう会場は大入りの
満員。しかたないので裏へ回った男、囲いを破って犬の
ようにもぐりこもうとしたとたん、首筋を捕まえられました。

　「そんなところからただで入ろうなんてけしからん。さあ、出
た出た。」

と、つまみ出されてしまって、すごすごと会場の周りを回ってみましたが、どうしても評判の取り組みが見たかったんです。

そこで、さっきの破れ目へ、今度はおしりのほうから体を入れました。すると、「おいおい、そんな所から出るやつがあるか。さあ、中へ入っていろ。」と、引っ張られたので、ただで相撲を見ることができました。

难词注解：

大関の取り組み：大关的较量

大入りの満員：客满，满座

首筋をつかまえる：揪住脖子

けしからん：不像话

つまみ出す：轰出去，撵出去

すごすご：垂头丧气地，沮丧地

看相扑比赛

因为有身高七尺以上的释迦岳和仁王堂两位大关之间的较量，相扑会场已全部满座。

一个男人想进去却无计可施，只好在后头转悠，并伺机打破了围墙。然而，他刚准备像狗那样钻进去，便被揪住了脖子。

"真不像话，妄图从那样的地方进去。喂，出去出去！"

于是他就被撵了出去。他非常沮丧地在会场周围打转，仍不死心，想看这场高水平的比赛。

突然他灵机一动，拱起屁股倒着往破洞里钻，就听到有人说："喂喂，怎么有人从那样的地方出去啊。来啊，给拉到里面去。"就这样他被拽了进去，免费看了相扑比赛。

いじめられたねこ

　江戸日本橋にねこを大事に飼っている人がいた。ねこはやがて年を取り、ねずみも取らなくなった。

　その人の妻は子ねこを飼い始め、年を取ったねこをじゃま者にし、いじめてばかりいるようになった。

　「ぎゃあっ！」

　ある日、妻が二階で昼寝をしていたときだ。年取ったねこが、妻ののどにかみついた。

「助けてえっ、助けてえっ！」

　かみついたねこははなさなかった。血がふき出したが、ちょうどそのとき、みな留守で、だれも助けに来なかった。

　だが、となりの家の者が声を聞きつけてかけつけて来た。

　その音を聞きつけたねこは、ぱっとはなれるとにげてしまったが、妻はとうとう死んでしまった。

难词注解：

いじめる：欺负

ふき出す：喷出

受虐待的猫

在江户日本桥有个人很疼爱猫。猫很快就老了，连老鼠也不会抓了。

那人的妻子开始养小猫，把老猫看作累赘，一个劲儿地虐待它。

"啊——！"

一天，妻子在二楼午睡时发出一声惨叫。老猫咬住了她的喉咙！

"救命啊——！救命啊——！"

老猫还是咬住不放。血喷涌而出。正好那时大家都不在家，没有人可以救她。

不过邻居听到叫声跑过来了。

老猫听到声音突然松开嘴巴逃走了。妻子终究还是死了。

おやじのめがね

お客が来ました。あいにく、両親は出かけていて、むすこ一人しかいないときでした。

「おやじもおふくろも出ておりますが、どなた様ですか。初めてお目にかかる方ですが…」

「あなたとは、初めてですが、お父さんとは昔からの知り合いなんですよ。」

と、お客が言いました。

「そうですか、ちょっとお待ちください。」

　むすこはおくへ行って、父親の部屋の引き出しをかき回していましたが、めがねを見つけるとそれをかけて出てきました。

　そして、お客の顔をじろじろ見ていましたが、首を横にふりました。

　「おやじのめがねで、いくら見ても、あなたのことは、さっぱり見覚えがありませんもの。」

难词注解：

目にかかる：会见，见到

知り合い：熟人，朋友

引き出しをかき回す：乱翻抽屉

じろじろ：盯着看，目不转睛地看

首を横にふる：摇头

見覚え：眼熟，认识

老爹的眼镜

一天，家里来了个客人，碰巧父母亲都出门了，只有儿子一个人在家。

"爸爸和妈妈都出去了，我第一次见到您，请问是哪位啊？"

"我和你是第一次见面，但我和你父亲是老相识了。"客人说。

"是吗？请稍等。"

儿子走进屋里，在父亲房间的抽屉里乱翻一通，找到一副眼镜。他戴上眼镜出来，盯着客人的脸看了许久，摇摇头说："即使是用爸爸的眼镜，但不管怎么看，都不觉得您似曾相识啊。"

金づち

「おい、長吉や。」

と、ひどくけちなだんなが小僧を呼びました。

「へえ。」

「ちょっととなりへ行って、すみませんが金づちを貸してく

ださいといっておいで。」

長吉、さっそく飛び出しました。

「ええ、ごめんください。すみませんが金づちを貸してくだ

さいな。」

　となりのおやじが、

　「金づち？何をするんだい？」

　「くぎを打ちたいんです。」

　となりのおやじもひどいけちです。

　「だめだ。くぎなんか打たれて金づちが減ったらどうするん
だ。」と、貸してくれません。

　長吉はもどって、

　「貸してくれません。」

　と言ったと、だんなが、

　「なんてけちなやろうだ。しかたない。うちのを使おう。」

难词注解：

だんな：老爷

金づち：锤子

飛び出す：跑出去

くぎを打つ：钉钉子

減る：磨损

锤　子

有一个老板，他非常吝啬。一天，他叫来小伙计长吉，说："喂，长吉啊。"

"噢。"

"去隔壁一趟，就说麻烦借锤子使使。"

于是长吉就飞快地跑了出去。"诶，有人在吗？不好意思，我想借一下锤子。"

隔壁的老头问："锤子？做什么用啊？"

长吉回答说："想钉一下钉子。"

隔壁的老头也是非常小气的主。他马上拒绝说："不行。钉钉子的话，我的锤子要是磨损了怎么办！"

长吉就回来报告说："不借给我们。"

于是老板就说："真是个小气的家伙。没办法，就用自己家的锤子吧。"

一丈のみみず

台風があれくるった。

すごい雨と風が長い間やまなかった。

「山くずれだ！」

村人たちは、ゴーッという音とともに、裏山が大きくくずれ
出したのを見て、にげまどった。

「あれはなんじゃ。」

「ば、化け物じゃ。」

くずれた山の、赤土のむき出しになった所がむくむくと動き、

~ 98 ~

そこから大きな頭のようなものが、はい出そうとしていた。

「みみずじゃ。」

「あんな大きなみみずがおるものか。」

「いや、どう見てもみみずじゃぞ。」

さわいでいるうちにも、二ひきの化け物はぬるぬるとはい出して来た。

確かに、かっこうはみみずだが、全身を現したときの長さは、一匹が約三間、もう一匹が一間はんほどもあった。

みみずはたおれた木の間にはいこんでいって、見えなくなった。

难词注解：

あれくるう：汹涌而来

むくむく：蠢蠢欲动

ぬるぬる：慢慢地

三米蚯蚓

台风汹涌而来。

狂风暴雨过了很长时间都没有停止。"大山倒塌了！"随着"轰——"的一声巨响，村民看见村后的那座山倒塌了，顿时人们乱作一团，向村外逃去。

"咦，那是什么？"

"是妖、妖怪。"

只见倒塌后的红土堆里边，有两条胖乎乎的东西正在蠢蠢欲动，准备向外爬。

"那不是蚯蚓吗？"

"怎么可能，怎么可能会有那么大的蚯蚓啊！"

"那可不一定，你们看、那两条东西怎么看都像是蚯蚓啊。"

正在人们议论纷纷的时候，那两条妖怪一样的东西吐着黏液慢慢地爬了出来。

从形状上来看的确像是蚯蚓，但是它的身体长度实在是令人吃惊。一条大约有 5.4 米长，另一条大约有 2.7 米。

后来，这两条巨大的蚯蚓钻进了倾倒的树木间，不见了。

その後の桃太郎

　桃太郎は鬼が島で鬼を退治したので、今度は竜宮へ行くことにしました。

　こしにはきび団子を入れたふくろを巻きつけ、竜宮にはどんな宝物があるだろうか、と思いながら歩いていると、

　「桃太郎さん、桃太郎さん。」

　と、呼び声がして、鬼が島のときに一緒だったさるが出てきました。

「しばらくぶりですねえ。鬼が島から持ってきた宝物で、すっかりお金持ちになったそうですが、今度はどちらへ?」

「竜宮だよ。乙姫様に会ってみようと思ってな。」

「わたしもまたいっしょにお供させてくださいな。また、きび団子を一つくださいな。」

「いいとも。ほれ。」

と、桃太郎はこしのきび団子をさるにあげました。

さるはきび団子をつくづくながめながら、

「このきび団子、やけに小さくなったな。桃太郎め、金持ちになったらけちになった。」

と言いました。

难词注解:

退治:打退

きび団子:黄米面团子

巻きつける:缠上

乙姫様:龙宫仙女

つくづく:仔细

やけに:非常

别后的桃太郎

桃太郎在鬼岛击退了鬼，这次打算去龙宫。

他在腰间缠上装了黄米面团子的布袋，边走边寻思着龙宫有何宝物。此时忽然听到"桃太郎先生，桃太郎先生！"的呼声，一看原来是在鬼岛时曾一起相处的猴子。

"好久不见了。你有了从鬼岛拿来的宝贝，听说已经是个大财主了。这次又要往何方而去？"

"龙宫。我想会会龙宫仙女。"

"请让我再度追随在你左右吧。另外，请再给我一个黄米面团子吧。"

"也好，给吧。"说着桃太郎从腰间袋中取出一个团子给了猴子。

猴子拿到团子仔仔细细看了一会说："这个团子可真小啊。桃太郎这家伙，有钱了，却小气了。"

宙を行く時ほのおの行列

　夜の四つ時、医者の山本宗英は、医者仲間の家からの帰りに、隅田川にかかる両国橋まで来ると、「火事か？いや、なんだろう。」

　川上のほうに火の玉のようなものを見て、足を止めた。

　青い火が近づいてくる。近づくにつれて、その火の中に、馬に乗った武士や、かんむりをつけた大名のような人たちが進んで来るのが見えた。

　その人たちは、川の上、およそ三丈ぐらいの高さの所を、宙に

うかびながらやって来るのだ。

　宗英は物も言えず、おどろいて火の中の馬や人を見つめた。

　やがて、行列（ぎょうれつ）は宗英の頭の上をしずしずと進（すす）んで行き、きりの中にとけこむように光とともにうすれ、消えていった。

难词注解：

かんむりをつけた：戴着官帽

しずしず：継续

浮在天空的火焰队列

有一天晚上十点左右，一位名叫山本宗英的医生从他的同事家里出来准备回家。途中，当他经过位于隅田河上的两国桥时，突然发现隅田河的上方有一个火球一样的东西，他不由得停下了脚步。

"难道发生火灾了吗？不像啊。那会是什么呢？"

蓝色的火焰慢慢地靠近了他。他这才看清楚，原来在那火焰当中有骑着马的武士，还有戴着官帽的诸侯等，他们形成了一个整齐的队列，正在慢慢地前行。

那个队列浮在半空中慢慢地前行到隅田河的上方大约九米高的地方。

山本医生看到这样的情景，吓得目瞪口呆，什么也说不出来。

不一会儿，只见队列从山本医生的头顶掠过，继续向前飘去。在夜雾中慢慢地消失了。

オウムの返事

「このたび、人の言葉をよくしゃべるオウムを買いました。このオウムは私が心の中で思うことを、ちゃんとしゃべりますのじゃ。」

と、主人が道で会った人にじまんにしました。

この主人、実はとてもケチなのです。自分の好きなものには、平気でお金を出すのですが、人にはなかなか出そうとしません。

二、三日たって、じまんを聞いた人が、オウムを見に来ます。ちょうど、お食事のころです。

　「いやなときに来たな。しかし、オウムを見せたいし、しかたない。そばでもとろうか。」

　と思いながらも、ニコニコして、

　「ちょうどよいときにいらっしゃった。近所にうまいそば屋ができたので、そばをたのもう。」

　「これはありがたい。ごちそうになります。」

　主人は下男に、

　「これ、八助、そばをたのんでこい。」

　と言うと、そばにいたオウムが、

　「これ八助、いちばん安いのでいいぞ。」

难词注解：

オウム：鹦鹉

じまん：夸耀

ニコニコ：笑吟吟，笑眯眯

近所：附近

下男：男佣人，听差

鹦鹉的回答

有一位老板对在路上碰到的人夸耀说:"我这次买了一只很会说话的鹦鹉。这只鹦鹉连我心里所想的话都能照实说出来呢。"

这个老板其实是一个非常小气的人。虽对自己喜欢的东西出钱毫不在乎,但对别人就一毛不拔了。

过了两三天,听了他的夸耀的人登门来看鹦鹉,刚好是吃午饭的时间。

"来得真不是时候啊。不过,既然想让他看看鹦鹉,那也没办法,用荞麦面条招待一下吧。"老板这样想着,就满脸笑容地说:"你来得刚刚好,附近开了家不错的荞麦面馆,就叫一份荞麦面吧。"

"那太感谢了,承蒙你款待了。"

老板对男佣人说:"那个,八助啊,你去叫份荞麦面条来吧。"

一听此话,一旁的鹦鹉马上说:"那个,八助啊,叫最便宜的就可以了。"

オランダの「妖術」

　江戸時代、長崎にはオランダ人の住む出島という所があった。

　オランダ人の一人が国へ帰ることになって、世話をしてくれた日本人の通訳と別れることになった。

　「何かお礼をしたいのですが、お望みのものがありますか。」

と、オランダ人が言った。

　「別にほしいものはありませぬが、江戸にいる母のことが気にかかっております。しかし、それは私事ですから…」

「おお、それならすぐにわかりますよ。」

オランダ人は、大きなはちに水を注いだ。

「ここをじっと見てごらんなさい。」

通訳の武士は、言われたとおり、水面をのぞきこんだ。

　すると、水面に江戸のなつかしい家と、部屋にいる母親の姿が

見え始めた。

「おお、母上。お元気のご様子。」

　水面がゆれて、映像はたちまち消えてしまった。

　同じ時刻、江戸では母親が、ふと長崎にいるむすこの姿が庭か

らこちらを見ているように思えたという。

难词注解：

のぞきこむ：窥视

荷兰人的 "妖术"

据说江户时代，很多来日的荷兰人都居住在长崎的出岛。

这一天，有一位荷兰人即将回国，将要和来日之后一直给自己很多帮助的日本翻译分别了。分别之际，这位荷兰人对翻译说："非常感谢您对我的帮助，我想表达一下对您的谢意，但不知道怎么样才好。您有没有希望得到的礼物啊？"

听了这话，那位翻译说道："非常感谢您的好意，但是我实在是没有想要的礼物，只是非常牵挂远在江户的母亲，但那也只是我自己的私事而已……"

"哦，是吗？这很简单，马上就能知道您的母亲是否安康了。"听了翻译的话，这位荷兰人说道。

只见他端来一个很大的脸盆，往里面倒满了水，然后指着装满水的脸盆对那位翻译说道："请你就这样一直看这儿，看这个水面。"那位翻译按照荷兰人所说的那样，一直望着脸盆里的水。

不一会儿水面上就映出了令自己魂牵梦绕的远在江户的家及家中的母亲。"啊，是母亲大人，母亲大人很健康。"看到这个情景，那位翻译情不自禁地叫道。

只见水面稍稍晃动起来，刚才的画面不一会儿就消失了。

与此同时，远在江户的母亲，不知为什么忽然间仿佛看到自己远在长崎的儿子正站在自家的院子里，向自己这边张望呢。

釜ぬす人

　ある寝坊な豆腐屋の家に、ぬす人がはいりました。道具るい
は残らずぬすまれ、大釜一つになってしまいました。

　「こいつは、困ったこんだ。これではどうにもならんわい。」

　と、その晩は釜の中にはいって、

　「この中におれば、釜をぬすみに来ても、目がさめるだろ
う。」と言って、安心をして寝ました。

　ところが、またぬす人がやって来て、こんどはその大釜を

かつぎ出しましたが、野原のまん中まで来た時、中で寝返りをうった音におどろいて、ぬす人人は釜をおいたまま、逃げ出してしまいました。

　豆腐屋は朝になって、釜から出てきましたが、あたりの野原を眺めると、びっくりして、

　「しまった！これは家をぬすまれた。」

难词注解：

目がさめる：醒来

寝返りを打つ：翻身

偷锅人

嗜睡的豆腐作坊主家里遭贼了，器具类的东西被一扫而光，作坊里只剩下一口大锅。

"这可怎么办好呢？……有了，这样就没事了。"说着，豆腐作坊主钻进了锅里。

"躺在里面，要是小偷来的话，我就醒了。"于是他安心地睡着了。

然而小偷又来了，这回他扛走了大锅。走到一块大草地中央时，小偷惊觉锅中有翻身声，放下锅就逃走了。

早上，豆腐作坊主爬出锅子一看四周，大吃一惊道："糟了，房子被偷走了！"

中ぶらりん

　むかし、むかし、あるのときのこと、寺男（お寺の雑用を
する者）と、信徒の二人が、「このお寺の釣鐘は、ブラリと下
がっているのか、それとも下がってブラリとしているのか。」と
言って、言い争いを始めました。

　寺男は、自信ありげに、「わしはもう、良い年この釣鐘をちゃ
んと見て知っとる。ブラリと下がっていることに、決まっとるぞ
い。」と言いますと、信徒の方は、「いやいや、それは違う。下が
ってブラリとしているんだ。」と聞き入れません。

そこで、二人は一両の賭けをして、誰か来たらそれを判断して
もらうことになりました。

　すると、そこへ吉四六さんが、やっと来ましたので、この話を
しますと、吉四六さんは、「では、まず一両ずつ、ここ出しなは
れ。」と、両方から一両ずつ預かりました。

　そして、鐘楼のまわりをグルリと、一回りしましたが、何
とも言いませんでした。二人は、「吉四六さん、さあ一体どっち
なんですか。早う言ってくだされ。」と申しますと、吉四六さん
は真面目な顔つきをしながら、「釣鐘は中ぶらりんだ。銭も中ぶ
らりんだ。この銭の中ぶらりんは困るで、わしがもらっておく。」
と言って、さっさと帰っていってしまったんだと。

难词注解：

真面目な顔つき：一本正经

吊　钟

　　从前有一天，寺里的一个仆人和一个信徒在议论"寺里的吊钟是在空中悬吊着，还是悬吊着在空中"。说着说着，两人吵了起来。

　　仆人很自信地说："我看这吊钟好几年了，对它很清楚。毫无疑问它是在空中悬吊着。"信徒不信，说："不，不，不是这样的。它是悬吊着在空中的。"

　　最后，两人决定赌上一两，请路过的人来裁决。

　　这时，走来了一个叫吉四六的人。两人将这话告诉了他，吉四六说："那么，先请两位各拿出一两放到我这里。"说着，从两人那里各收下一两。

　　接着，他围着钟楼绕了一圈闭口不言。两人忙问道："吉四六先生，到底哪个对？你倒是快说啊！"吉四六满脸一本正经地说："吊钟空中吊，钱也吊空中。这钱吊在空中可不好，还是由我拿走吧。"说着，快步离开了寺院。

貸家札

　ある貸家があきましたので、家主はさっそく、貸家札をはり
ました。

　ところが、そのめくる日見ますと、引き破られてありました
ので、家主はさっそく書き換えて、はりなおしておきました。

　しかし、またあくる日も、そのあくる日も、はりかえるたんび
に、破られておりましたので、家主は大変に腹を立てて、

　「うん、それならば、よしっ…」

と言って、こんどは木でじょうぶにこしらえて、釘で打ちつけ
ますと、

　「こんどこそ安心だ。これで四、五年はもつぞ…」

难词注解：

貸家札：招租牌

招租牌

有一间出租房空出来了，房东马上挂出了招租广告。但是，第二天发现广告被撕破了，于是他马上又重新写了一张贴出去。但是第三天、第四天还是发生同样的事情，贴出来就被撕破。

房东非常生气："好吧，既然这样，就……"这次他用木头做了一个结实的木牌子，并且用钉子牢牢地钉住，心想："这下子可以放心地挂个四五年了。"

臼を負うて馬に乗る

　むかし、むかし、ある時のこと、吉四六さんが馬に乗って、帰ってきました。

　しかし、馬の様子を見ると、場はどうもたいへんに疲れはてていたようなのです。そこで吉四六さんは、さっそく、「うん、これは馬も重くて、疲れてるようだで…よしよし、ではこうしてやんべ。」と言って、さっそく馬から 石臼 を降ろして、それを今度

は自分で背負って、馬に乗ると、「これで馬も、少しは楽になった
べな。」と言いながら、かえっていきました。

难词注解：

石臼を降ろす：卸下石臼

背臼骑马

　　很久以前，一天，吉四六骑着马回家。

　　但是一瞧那马，就知道它累得不成样子了。于是吉四六说道："嗯，肯定是太重了，马才这么累的……有了，这样办吧。"他立刻把石臼从马背上卸了下来，背在自己身上，然后骑上马，说："这下，马也会轻松些吧。"他就这样回家了。

小豆の豆腐

　あるところに、たいへんにけちんぼうな男がありました。

　その男の家に、お客さんがありましたので、男は、

　「何か 珍 しいものを、差し上げたいと思っても、こんな田舎

のことでは、何ともなりません。」

　などと、体裁のいいこと、言っておりました。

　そこへ、豆腐屋が、

　「豆腐—い、豆腐—い。」

　と、売りに来ました。

すると男は、

「豆腐屋さん、その豆腐は小豆の豆腐かい。」

と言って、たずねました。

しかし、豆腐屋は、

「いや、いつものような、大豆（だいず）の豆腐でございます。」

と答えましたので、

「そんなら、いらないよ。珍しくも何ともないから。」

难词注解：

けちんぼう：吝啬

体裁のいい：体面

红豆豆腐

　　从前，有个地方住着一个非常吝啬的人。

　　一天，他家里来了一位客人，他说："我想让你尝尝新奇的东西，可是在我们这乡下地方难找啊。"说得非常体面。

　　就在这时，"卖豆腐喽，卖豆腐喽"，一个卖豆腐的路过门口。

　　他向卖豆腐的问道："卖豆腐的，你这豆腐是红豆做的吗？"

　　卖豆腐的回答说："不是，是用黄豆做的普通豆腐。"

　　"那，我就不买了。没有什么新奇的嘛。"

同い年

　ぬかるみの道に、お婆さんが二人、通りかかりました。そして、

　「まあ、お前さまからどうぞ。」

　「いいえ、お前さまからお先に。」と、譲りあっていました。

　すると、先に来たお婆さんが、

　「あなたは、おいくつになられますかえ。」

　「あい、六十八になります。」

「おお、それならお前さんは、私よりも一つ年上だから、お先にござりませ。来年は同い年になりますから、その時はいっしょにまいりましょう。」

难词注解：

ぬかるみの道：泥泞小道

相同年纪

两位老婆婆走在泥泞小道上。

"您先请吧。"

"不，您先请。"

她们互相谦让着。忽然，走在前头的老婆婆问道："您高寿啊？"

"啊，六十八了。"

"哦，那您比我大一岁，还是您走前面吧。明年我们同样年纪了，到时候就一起走吧。"

梯子の逆降り

　むかし、むかし、あるところの村に、ひとりの馬鹿息子がありました。

　ある時のこと、近所の人たちと連れだって、京都見物に出かけて行きました。そして、三条の宿屋に泊ると、二階の座敷へ案内されました。

　そうこうしている間に女中がやって来て、「お風呂へ、どうぞおはいりやす…」と言いましたので、みんなで風呂場へ行こうと

思って、下へ降りようとしました。

　しかし、はじめて二階というものに、あがりましたので、どうもその降り方がわかりませんでした。

　「はーて、どぎゃんして〔どうやって〕降りたらよか。」と、考えこんでおりました。

　すると、その時、家の三毛猫が、さも教えてでもいるかのように、「こうして降りますたい。」と、トントンと降りていきました。

　これを見た馬鹿息子は、ポンと手をたたいて、

　「そぎゃんこつ、なんでもなかばい。おらのするこつ、見てくだはりまっせ。」と言いながら、さっそく猫の真似をして、四つんばいになって、降りはじめました。

　みんなも、「はーて、こらおかしか。そんな降り方、つっこくるばな〔落ちてしまうぞ〕。」と言いましたが、「何ばかあいうかな。おらあ今、猫の降りるとこ、見ておったんじゃけん、それに間違いなか。」

难词注解：

真似をする：模仿

下楼梯

很早以前，有一个村子里住了一个傻子。

一天，他和邻居一起到京都玩，在三条的一家旅馆里投宿，被安排住在二楼的房间。

在他们整理行李之类的时候，女侍过来说："诸位请入浴吧！"大家于是打算下楼前往澡堂。

但是，因为是第一次上到二楼，他不知道下楼的方法，百思不得其解："呀，怎么下楼梯呢？"

正在这时，一只花猫，好像是在教大家怎么下楼梯似的，咚咚咚地跑下楼去了。

见此情景，傻子恍然大悟，拍手道："这也没什么难的，看我的。"于是他马上模仿猫的样子，四肢着地，开始下楼。大家惊道："啊，这样不对，会摔下去的。""说什么傻话呢！刚才不是看到猫儿也下去了吗？错不了。"

狩　人

　ある狩人が、猪を見つけましたので、鉄砲で打ちましたが、あんまり慌てたので、玉をつめるのを忘れて、空鉄砲を放ったのです。

　ところが、猪もうろたえて、びっくりして死んでしまいました。そこへ猪買いが、通りかかりましたので、猪を売ろうとしましたが、猪買いは、

　「どうもこの猪には、鉄砲の傷あとがない。こりゃあ、いつ死

んだものか、分からないな。古いようだ。」

　と言いますので、狩人は、

　「とんでもねえ。たった今、おらが打ったもんだ。」

　と言いながら、猪をひっくり返して見ますと、猪はムクムクと起き上がって、山をめがけて一目散（いちもくさん）に、逃げ出しました。

　これを見た狩人は、

　「ほーれ、ごらんなされ、あのように新しいのを。」

难词注解：

玉をつめる：加子弾

新鲜的野猪

有一个猎户，见到一头野猪，拿起枪就打。因为太匆忙了，猎人忘了加子弹，放了一声空枪。

偏巧，那头野猪也因惊慌而应声昏了过去。这时，正巧有一个买猪商人路过，猎户就想把野猪卖给商人。商人对猎户说："这野猪身上好像没有枪伤。这一来，什么时候死的，无从查实啊。怕是不新鲜。"

猎户回道："哪里的话，就在刚才我开枪打的。"说着要将野猪翻过来看。这时，野猪忽然霍地起身，朝着山的方向一溜烟地逃跑了。

猎户见状说："嘿，您看，多新鲜啊！"

闇夜の黒牛

むかし、むかし、あるところに、

「おらほどの絵かきは、まずあるまいて。おらこそ日本一の、

絵かきじゃぞ。」

と言って、鼻を高くしている絵かきがありました。

ある時のこと、吉四六さんがこれを聞いて、

「ウーン…そんなら一つ、絵を画いて見せてくろ。そうだのう、

鉄瓶に湯をわかしているとこをな…」

そこで、絵かきは、「よしよし、そんなこと、何でもないこっちゃ。」と、さっそく筆をとって、サラサラと画きました。

　そおれはなかなか、見事に画けてあったのですが、吉四六さんはそれを見て、

　「あかん、あかん…こりゃあ絵になっとらん。湯をわかしとるのなら、湯気が出てるはずじゃ。」と言って、けなしました。そして、今度は、

　「そんなら、馬が荷車を曳いて、走ってるとこを、画いてみてくだされ。」

　絵かきはまた、筆をとって、サッと画き上げました。これもまた、よくも画けておりましたが、吉四六さんは、

　「いや、これもまだ物の見方が、出来ておらん。馬が走ったら、砂ぼこりが立ってるはずですねえか。」と、難癖をつけました。

　すると、絵かきは吉四六さんに向かって、「では、あなたが一枚、画いてみなはれ。」と、申しました。吉四六さんは、

　「うん、わしが画いて見せてやんべ。」

　と、硯を引き寄せると、紙一ぱいに真っ黒に、塗りたてて見せました。

「はーて、これは一体何じゃろな。一面に真っ黒だけではねえか。」

「ハハハハ…これはなあ、闇夜(やみよ)の野原に、黒牛が寝るところばい。一枚の紙にはとても書けんで…」とニャリと笑って、答えたんだとさ。

难词注解：

鼻を高くする：自高自大

難癖をつける：责难

黑夜中的黑牛

很久很久以前，有一位自负的画师，自称"像我这般的画师，世上绝无仅有了。我是日本第一"。

吉四六听闻此言，对画师说道："哦，那你画一幅给俺瞧瞧。对了，就画一个正在烧水的铁罐吧。"

画师说："好好，此等小事，不足为难。"然后操起画笔，唰唰几笔就画成了。

那画画得相当好，但是吉四六看了之后贬低道："不行不行，这画还没画好呢。既然在烧水，就肯定有热气冒出来。"然后他又想出个办法："那你画一匹正拉着马车跑的马来看看。"

画师又拿起画笔，很快画好了。这次也画得相当不错，但是吉四六挑剔道："不行，这次还是没有画出其形态来。马跑起来必定会扬起尘沙的。"

于是画师对吉四六说："那么你来画一幅看看。"吉四六说："嗯，俺来画给你瞧瞧。"他把砚台挪到跟前，涂黑了整张纸。

"啊，这究竟是啥玩意儿？不就是一纸的黑色吗？"

"哈哈哈……这是夜里睡在野地上的一头牛。一张纸上画不下……"吉四六狡黠地笑着答道。

蛸の足

　蛸があまり暑いので、橋のしたで昼寝をしていました。それを猫が見つけて、さっそく足を七本食べてしまい、一本だけは残しておりました。

　その時になって、蛸はやっと目を覚まして、

　「これは、しまった…足を食われてしまったぞ。」

　と言いながら、当たりを見回しますと、猫がそら寝をしていましたので、

「よーし…この猫のやつを、川の中へしきこんでやろう。」

と、一本の足で猫をじゃらし始めました。

すると、猫はふふんへ鼻先^{はなさき}で笑^{わら}いながら、

「その手はくわん。」

难词注解：

目を覚ます：醒来

章鱼的触手

　　天气太热了，章鱼在桥下睡起了午觉。一只猫看到了，立马吃掉了它的七根触手，只留下了一根。

　　这时，章鱼终于睁开了双眼。"噢，糟了！我的触手没了。"说着它向四周张望，看到猫在假装睡觉，心想："好，好……你这臭猫，我要把你拖到水里去。"于是开始用触手戏弄猫。

　　不料，猫从鼻子里哼了一声，笑道："我才不吃你这一手呢。"

なぞ

「なぞをかけよう。目が二つあって、足が四本、鼻が長くて、毛の生えている者で、白いのはなーに？」

「それは象だ。」

「うん、当たった。では、もう一つ。今度は目が九つ、鼻が七十八、耳が三千二百十六、足が六百七十九本あって、色は白いようで黒く、赤いようで黄色い毛の、長く生えているのはなーに。」

「ふーん…こいつは、むずかしいな。何だろう。さあ、本にも

そんなものは、出ていないけれど、これは知らないな。」

　「はて、何でもないものさ。」

　「では、一体なんだ。」

　「化け物さ。」

难词注解：

化け物：妖怪

猜　谜

"我出谜语，你来猜。有 2 只眼睛，4 只脚，长长的鼻子，身上长毛，白色的，是什么东西？"

"是大象。"

"嗯，猜对了。那么，再说一个。这回是有 9 只眼睛，78 只鼻子，3216 只耳朵，679 只脚，颜色似白又似黑，身上长着似红又似黄的长毛，这是什么东西？"

"嗯……这个，太难了，会是什么呢？书上没有出现这样的东西，我可不知道啊。"

"嗨，没什么特别的啦。"

"那，究竟是什么啊？"

"是妖怪啊！"

傘売り

　傘張りを習って、七～八本張って、油を引いてみましたが、一本もすぼまりませんでした。

　「はーて…これは何としたものだろう。」と、困りはてていました。

　その折も折、激しい夕立が降り出しましたので、

　「うん、よしよし…これはいいと思い付きがあるぞ。」と言って、傘を開いたまま表へ持って出て、

「それ、安いぞ安いぞ。まけたまけた。」と、売り始めました。

　にわか雨のことでしたので、またたく間に一本も残らず売りつくして、

「やれやれ、ありがたい、ありがたい。」と言いながら、家に帰って来ました。

　すると、隣りの人が、

「よかったなあ。それでいくらに売ったんだかね。」

「しまった！あんまり急いだんで、お金をもらはなかった。」

难词注解：

油を引く：加油

傘を開く：打开伞

卖 伞

有个人学做纸伞，做了七八把，然而却只能撑开着，一把都收不起来，加了油润滑也不行。"诶，怎么回事？"正束手无措的时候，刚好下起了雷阵雨。

"呀，太好了，我有好办法了。"于是他就拿着张着的伞，跑到外面叫卖起来。

"便宜卖啦，便宜卖啦！"

由于是骤雨，一眨眼的工夫，伞全部卖出去了。

"哎呀，谢天谢地。"他一边说一边回家了。

隔壁邻居看到了他就问："太好了，你卖了多少钱啊？"

"完了！刚才太匆忙，忘记收钱了！"

鴨 汁

むかし、吉四六さんが、村の旦那から、

「鴨汁をご馳走するでな、食べに来なはれ。」

といって、招かれました。

吉四六さんは、喜んで旦那の家へ出掛けて行きましたが、旦那は大根の煮たものばかり出して、鴨の肉などはほんの一切れか二切れか、まじってはいませんでした。

そこで、吉四六さんは、「ウーン…こいつは一本やられたぞ。」

と思いましたが、「旦那はん、たいへんにご馳走に、なりましたばい。」と言って、帰っていきました。

こうして、その翌くる日になると、今度は吉四六さんは、裏の大根畑に大根をズラリと吊るしておいて、旦那のところへ出かけて行きました。そして、

「旦那はん、早う来てみてくだはれ。鴨がたくさん降りてきますきに。」

これを聞いた旦那は、大急ぎで鉄砲を持つと、吉四六さんと一緒に、裏の大根畑へ馳けつけて行きました。しかし、鴨なんかは一羽も見当りませんでした。

すると、吉四六さんは笑いながら、

「ホーレ…うまそうなかもですばい。昨日のご馳走も、まずあんなもんだったのう。」

これには旦那も、うまく仕返しをされてしまいました。

难词注解：

仕返しをする：报复

野鸭汤

很久以前，一天，吉四六收到了村里老板的邀请。

"我请你喝野鸭汤，你来吃吧。"

吉四六很高兴地去了，但是老板的汤里尽是煮萝卜，里面只有一两块小小的野鸭肉。吉四六心想："唔，我被他耍了。""老板，谢谢您的盛情款待。"吉四六说完就回家了。

到了第二天，吉四六在屋后的萝卜地里把萝卜吊成整齐的一排，然后到老板那里说："老板，快来看呐，飞来了好多野鸭。"

老板听闻此言，急忙拿起猎枪，和吉四六一起赶到后院的萝卜地。但是，连一只野鸭都没见着。

这时吉四六边笑边说："好咧……这些野鸭看起来味道不错吧。昨天您请我吃的也是这种东西吧？"

这下，老板被好好地报复了一番。

酒と小便

　むかし、むかし、吉四六さんが酒を買って、徳利にさげながら、
関所を通りました。

　すると、関所の役人から、「これこれ、その方の持ってるのは、
何じゃ。」と、聞かれましたので、「へえ、酒でござえますだ。」と
言って答えました。

　これを聞くと役人は、さっそく、「うん、さようか。では、一杯
飲ませろ。」と言いながら、大きなドンブリに、酒をナミナミと
ついで、ゴクンゴクンと飲み、「たしかに酒じゃ。よし、

通れ…」

　吉四六さんは、仕方なく帰っていきました。しかし、これが何として癪にさわって、がまんできませんでした。そこで、「うん、よしよし…では一つ、今度はあの役人をだましてやんべえ。」と思っていた通りに、役人はまた、「これこれ、その方の持ってるのは、何じゃ。」と、たずねました。

　吉四六さんは、腹の中で笑いながら、「へえへえ、小便でごぜえますだよ。」と言って、正直に答えました。

　しかし、役人はそんなことは信用しませんでした。吉四六さんが、「今日のは、本当の小便ですだよ。それでも、ええなら、差上げますだが…」と言うのも聞かないで、「うん、よしよし…その小便が飲みたいのじゃ。さあ、早くこっちへよこせ。」

　役人は徳利を取り上げますと、またドンブリにナミナミとついで、飲み始めました。が、こん「ウワーッ…」と叫びながら、ゲロを吐いてしまったんだってさ。

难词注解：

関所を通る：通关

酒与小便

很久以前，有一天吉四六打完酒，提着酒壶要过关卡。守关卡的衙役问道："哎，你手中所提何物啊？"吉四六回答："嘿，是酒。"

衙役听后马上说："唔，是吗？那请我们喝一杯吧。"说完拿出一个大海碗，斟了满满一碗酒，咕咚咕咚喝了起来。"的确是酒，好，过去吧……"

吉四六没办法，只好回去了。但这让他非常生气，难以忍受，于是他想到一个办法。"嗯，好……下次我要骗那些衙役。"然后他在酒壶里装了小便，提着它过关去了。

正如他所料，衙役又问："哎，你手中所提何物啊？"

吉四六心中暗笑，他如实答道："嘿嘿，是小便。"

但是衙役不信。吉四六又说："今天的可真是小便哟。如果这样你们都要的话，那就送给你们吧。"但是衙役不听："嗯，好……我们就要喝那小便。来，快点拿过来。"

衙役接过酒壶，又倒了满满一海碗，喝了起来。但这回因为真是小便，所以他们都"哇"的呕吐起来。

猫の名

「猫をもらってきたが、他の猫に負けないような、大きくて
強い名をつけたいな。なんていう名前がいいだろう。」

「強くて負けない名なら、青空ってつけたらよかろう。」

「いや、青空も風にはかなうまい。風とつけようか。」

「風だって、屏風にはかなわないぞ。」

「待てよ、屏風もねずみにはかなわないな。」

「そんなら、ねずみにしようか。」

「なあに、ねずみは猫にはかなわない。」

「なるほど、その通りだ、いっそ、猫にしておこう。」

难词注解：

名をつける：取名

ねずみは猫にはかなわない：老鼠斗不过猫

猫的名字

"我从别人那里得到一只猫，想给它取个响亮的名字，让它不输给别的猫。取什么名字好呢？"

"叫得响的名字，那就取个'青空'好了。"

"不行，青空禁不住风刮，叫'风'怎么样？"

"风也受不了屏风挡啊。"

"等等，屏风架不住老鼠咬的。"

"那么，就叫'老鼠'吧。"

"什么！老鼠斗不过猫啊。"

"原来如此。对了，不如就叫'猫'吧。"

見ないふり

　ある日のことでした。

　一休さんはふと気づくと、どうも和尚様の部屋から、おかしな
においがしてきたのようです。

　「はーて、何のにおいだろう。うん、生臭いにおいだ。これは
きっと、和尚様が内緒で、何か生ぐさ物を焼いて、自分ひとりで
食べているのに、違いないぞ。和尚様はいつも、仏様にお仕えす
る者は、決して生ぐさものを食べてはならんと、おっしゃってい
るくせに…」

と思いましたので、一休さんは和尚様の部屋へいって、障子を
がらりっと開けました。

　「和尚様、和尚様…すてきなにおいがしていますね。何でしょ
うか、それは…」

　さあ、大慌てに慌てたのは、和尚様です。口の中の魚を、ごく
りと呑み込んで、

　「う、う、うん…今わしはな、カミソリを焼いておったのじゃ
よ。」

　「ははーん。私は、魚かと思いました。」

　「いや、かみそりという木の葉じゃ。それを焼いて、食べてお
ったのじゃよ。」

　「そうですか。魚はいけないけれど、木の葉ならばいいんです
か。」

　「う、うーん…その通りじゃ。」

　そんなことがあってから、何日か経った日のことです。

　一休さんは、和尚様のお供をして、出かけていくことになりま
した。それは遠いところでしたので、和尚さまだけは馬に乗って
いきました。しかし、一休さんだけは、テクテクと歩いていかな

くてはなりませんでした。

　その途中まで行きますと、大きな川が流れていて、川の中には
たくさんの魚が泳いでおりました。これを見た一休さんは、大き
な声で和尚様に言いました。

　「和尚様、和尚様…カミソリが泳いでいますよ。ホーレ、御覧
なさい。あっちにも、こっちにも。」

　これを聞いた傍らの人たちは、びっくりして川を覗き込んで、

　「これこれ、小僧さんや。あれはカミソリじゃない。魚だ…」

　和尚さんはこれを耳にすると、馬に鞭を打って、逃げ出しまし
た。一休さんも仕方なく、ハアハア息を切らせながら、追いかけ
ていきました。そして、暫く走ってから、やっと馬の足を緩めた
和尚様は、

　「これ、一休…わしに恥をかかせるものではない。『見ても見
ぬふり、聞いても聞かぬふり』と言う言葉もある。黙ってついて
くるのじゃ。」

　一休さんは、

　「はい、わかりました。『見ても見ぬふり、聞いても聞かぬふ
り』ですね。」

また、ぽくりぽくりと、馬はひずめの音高く進んで行き、一休さんはそのあとをとぼとぼと歩いていきました。

　こうして、しばらく歩き続けました。すると、突然強い風が吹き出してきて、風は和尚様の頭巾を吹き飛ばしました。

　「あっ！和尚様の頭巾がとんだ！」

　一休さんは、すぐに気がつきましたが、和尚様は少しも気がつきません。

　「見ても見ぬふり…」

　わざと一休さんは、それを黙っていたのです。すると、今度はバタバタと羽音を立てて、カラスが飛んできて、和尚様の頭に止まろうとしました。が、一休さんは、クスクス笑いながら、

　「聞いても聞かぬふり…」

　と、つぶやいていました。

　しかし、やっとのことで、和尚様は、

　「あっ…わしの頭巾がない。頭巾がない。」

　と、気がつきました。そこで、

　「これこれ、一休…お前は、わしの頭巾を知らんか。」

　「はい、先ほどの風で、飛ばされていきました。」

「何でそれを見ていて、拾わぬのじゃ。それにカラスがきたのに、なぜ追ってはくれんのじゃ。」

「見てみ見ぬふり、聞いて聞かぬふり…です。」

「ウーン…」

　和尚様は、また一本やられたのです。しかし、頭巾を飛ばされてしまっては、こまりますので、

「いいか、一休…落ちたものは、拾う者じゃぞ。」

「はい、分かりました。」

　一休さんは、頭巾を拾いに走っていきました。そして、やっと頭巾を拾ってきて、和尚さんに渡そうとしますと、今度は馬がお尻から、ぽたりぽたりと、いいにおい物を落とし始めました。

　一休さんは急いで、それを頭巾で拾って、受け止めますと、

「はい、和尚様…馬が落としましたので、拾いました。」

　これには和尚様も、もう何とも言葉も出なかったという話です。

难词注解：

息を切る：喘着大气

恥をかく：丢丑

视而不见

有一天，一休忽然感觉到有一股怪味从师父的屋里传来。

"是什么气味呢？嗯，是腥味。一定是师父自己一个人偷偷地在烤着什么荤腥的东西吃呢。师父平常总说佛道修行之人绝不可以吃荤腥的东西，哼……"想着，一休来到师傅的房间，拉开了拉门。

"师傅，师傅……好香的味道啊。是什么啊？"

这时，长老一下子就慌了神，忙一口吞下口中的鱼说："这，这，这个……是枯树叶，我在烤枯叶吃呢。"

"哦，我还以为是鱼呢。"

"不是，是一种枯树叶，我正烤着吃呢。"

"是这样啊。原来鱼不可以，而树叶就可以啊？"

"嗯，嗯……说的对。"

这件事以后，又过了几天。

一休陪着师傅出门。因为是到一个很远的地方，师傅一人骑着马，而一休却只能跟在后面不停地走。

半路上路过一条大河，河中有许多鱼在游。一休见了大声对师傅说："师傅，师傅……枯叶在水中游呢。您看，这里是，那里也是。"

听到这话，一旁的人们吃惊地往河里张望。"我说，小和尚。那不是枯叶，是鱼……"

师傅听到了这话，赶忙策马扬鞭跑开了。一休无奈，呼呼地喘着大气，跟着追赶。跑了一会儿，师傅这才放慢了脚步说："一休！不要给我丢人现眼了。有道是'视而不见，听而不闻'，别说话紧跟着我。"

"是，师傅。'视而不见，听而不闻'对吧？"一休回道。

师傅继续骑着马咯噔咯噔缓步前行，一休则跟在后面无精打采地走着。

就这样又走了一会儿。突然一阵强风吹来，把长老的头巾刮跑了。

"啊！师傅的头巾被刮跑了！"一休立刻觉察到了，可是师傅还一点也没有注意到。

"视而不见……"

一休故意没有告诉师傅。接着，又飞来了一只乌鸦，啪嗒啪嗒扇动着翅膀想要停在师傅的头上。一休见了，一边嗤嗤地偷着笑，一边嘴里嘟囔着"听而不闻"。

可是，终于，师傅觉察到了。"啊……我的头巾不见了，头巾不见了。"便问一休说：

"我说，一休……你知不知道我的头巾到哪里去了？"

"师父，被刚才的风给刮跑了。"

"为什么你看到了没有去捡回来！还有，乌鸦飞过来，你为什么没有驱赶！"

"视而不见，听而不闻……"

"哼……"

长老又一次输给了一休。不过，头巾刮跑了是件麻烦事，长老说："听好了，一休……东西掉了是要捡起来的。"

"是，师傅。"

一休跑回去捡头巾。终于捡回了头巾，一休正要把它交给师父，马屁股开始一段一段地掉下"香喷喷"的东西来。

一休赶忙用头巾去接起来包好，说："师父……这是马掉下的东西，我捡回来了。"

对此，长老气得连一句话也没说出来。

目をさます

　ある百姓が夫婦づれで、市へ出かけていきました。すると、その混雑の中で、知り合いの人に出会いましたので、

　「やあ、こんにちは…」

　と言って、声をかけますと、その人は何もいわずに走り寄って来て、

　「そっと物を言ってくれ。」

　と、言いました。

そこで、

「どうしたんだ。誰かに見つかっては、いけないからかい。」

「いや、そうじゃあない。家に子供を寝かして来たんだ。大き
な声を出したら、目をさますよ。」

难词注解：

目をさます：醒来

醒　来

　　有一对乡下夫妇去赶集。在拥挤的人群中碰到了一个熟人。

　　"哎呀，你好……"他们打招呼道。

　　那人默不作声地跑了过来说："轻一点。"

　　"怎么了？被别人看到了不好吗？"

　　"不是，我把孩子留在家里睡觉呢。要是说话很大声，他会醒的。"

茶栗柿

　むかし、むかし、あるところにひとりの馬鹿息子（ばかむすこ）がありました。

　いつまでも何にもさせないで、遊んでばかりおらせても、仕方がないので、親は何か物売りでもさせようかと、考えつきました。

　そこで、ある時のことです。茶と栗と柿と麩（ふ）を持たせて、それを売りに出しました。馬鹿息子はあたたかく気持ちよく晴れた、にぎやかな町へ出かけていきましたが、どうもハッキリと大きな声で、振れて歩くのがめんどうでしたので、「ちゃっくりかきふー…」といって、ノソノソと歩いて行きました。

これを聞いた町の人たちはみんな誰でも、

　「はーて、何を売ってるのかいな。何のこったかわからんわい。」

　と、ひとりとして呼びとめてくれる人は、ありませんでした。

　馬鹿息子は一日じゅう町の中を、あちらこちらと歩きまわって
も、何一つとして売れませんでしたので、

　「もう帰るとしようかい。売れんものは仕方あんめえ。」

　と言って、帰っていきました。

　さて、息子が帰ってきたのを見た親は、さっそく聞いてみまし
た。

　「どうじゃった？どれほど売れたかい？」

　「いんにゃ、ひとつ売れん。」

　「フーン…そりゃおかしいな。そんなはずはねえんだが…」

　「でも、売れんじゃったもんは、仕方ねえ。」

　「それで、お前は何と言って、売ったんだ。」

　「おら、『ちゃっくりかきふ』って言って、売っただ。」

　「そんなに一緒に、何もかも言うから、売れんのじゃ。茶は茶
で別々。栗は栗で別々。柿は柿で別々。麩は麩で別々に、振れて
売らんからじゃ。」

「ああ、そうか、わかったわかった…」

こうして、あくる日になると、馬鹿息子は町へ行って、今度は大きな声で、「茶は茶で別々…栗は栗で別々…」と呼んで歩きましたが、町の人たちはこれを聞いて、

「おかしな物売りが来たぞ。」

と言って、ただ笑っているだけで、やっぱり何一つとして売れませんでした。

親も帰ってきた息子からその話を聞いて、本当に呆<ruby>呆<rt>あき</rt></ruby>れ<ruby>返<rt>かえ</rt></ruby>ってしまい、

「よく言ったもんだ。馬鹿につける薬はないってなあ。」

すると、息子はその言葉を聞くと、

「じゃあ、飲む薬でもいいよ。」

难词注解：

麸：麸皮

振れて歩く：甩开大步走

何のこったかわからんわい：不明白怎么一回事情

いんにゃ（違う、いいえ）：不

茶叶、栗子、柿子

很久很久以前，有个地方有一个傻子，整天无所事事。

父母觉得这样下去也不是办法，便想让他做点小买卖什么的。

于是，有一天，他们给了傻子茶叶、栗子、柿子，还有麸皮，让他拿去卖。傻儿子高高兴兴地挑着这些东西朝闹市走去。但是他懒得高声叫卖，也不愿意甩开大步走，而是慢吞吞地挪着步子，嘴里胡乱叫着。

听到的人无不纳闷："咦？卖的是什么呀？"但没有一个人叫住他，买他的东西。

傻儿子在街上转了一整天，结果什么也没卖出去。

"回家算了，卖不出去也是没有办法的事情。"这样想着，他就回家去了。

看到傻儿子回到家，父母马上问他："怎么样，卖了多少？"

"一个都没卖出去。"

"是吗？奇怪，不应该啊！"

"卖不出去也是没有办法。"

"那你是怎么叫卖的？"

"也就喊'茶栗柿麸'（ちゃっくりかきふ）呗。"

"那样连在一起喊，别人怎么听得懂，怪不得卖不出去。茶叶、栗子、柿子、麸皮要各自分开喊（茶は茶で別々。栗は栗で別々。柿は柿で別々。麩は麩で別々に、振れて売らんからじゃ）。"

"啊，原来如此，明白了明白了。"

于是，第二天，傻儿子又去镇上了，这次他一边走一边大声喊道："茶是茶，栗子是栗子……"镇上的人听了笑道："卖东西的这个家伙真奇怪。"人们只是觉得好笑，还是没有人买他的东西。

回到家，父母听说了之后目瞪口呆："'喊得好啊！'真的是没有给傻瓜涂的药了（无药可救了）！"

听了这话，傻儿子说："那，给我喝的药也行。"

焼き氷

「おじいさん、寒いはずだよ。こんなに厚く氷がはっているん
だもん。」

「どれどれ、なるほどこれは、厚く張っている。寒中の氷とい
うのは、薬になるというから、ひとつ食べてみようか。」

「いやいや、とてもおじいさんの歯では、噛めないや。」

「そんなら、焼いておくれ。」

难词注解：

氷がはる：结冰

烤　冰

　　"爷爷，应该很冷吧。冰都结得这么厚呢。"

　　"我看我看，果然结得很厚。听说三九天里的冰能够做药，我来吃块尝尝。"

　　"别别，爷爷您这牙齿恐怕咬不动吧。"

　　"那样的话，你帮我烤一烤吧。"

数の子

　むかし、むかし、ある時のことです。

　ひとりの田舎者が、寒いときに伊勢まいりに出かけて行きま
した。そして、宿屋にとまって、はじめて、数の子と言うもの
を食べました。

　「うん、こりゃあうまいもんじゃ。おらあ、はじめて食っただ
が、こいつは何ちゅう名前のもんだかね。」

　と、あんまりおいしかったので、女中さんにたずねてみました。

　すると、女中さんは、

「数の子っていうんだよ。」

と言って、教えてくれました。そこで田舎者は、

「おら、帰りにゃ買って行くべ。」

と、数の子を土産にして、また村へ帰って行きました。

こうして、家に着くと、家の人たちに「めずらしいもんを買っ
てきただ。さあ、食べてもろや。」と言って、数の子を食べさせて
みました。

ところが、固くてとても食べられませんし、味も何もありませ
ん。

「こいつは、おかしいど。こないなもんは、あかん。」

ブツブツ怒りながら数の子はみんな竹藪の中へ捨ててしまい
ました。

月日が経つにつれて、春がめぐってきました。雪もすっかり解
けはじめてボツボツと草が芽を出すようになりました。

田舎者は何の気もなく、竹藪を見ますと、数の子はちょうど
よく水気をすって、やわらかになっていました。

「うん、これじゃ、これじゃ…」

と、さっそく食べてみますと、そのおいしさと言ったらありま

せん。

　そこで、鼻を高くして、隣のお爺さんにも、食べさせてやりますと、隣りのお爺さんは、

　「ホホー…、こいつはうまいで…。わしも買うてきて、食べたいもんじゃのう。」

　と言うのを聞くと、田舎者は鼻の先きで笑いながら、

　「何をいうだ。こりゃあ藪の子ちゅうもんだ。竹藪も持たんくせにして…」

难词注解：

ブツブツ：嘟哝，抱怨

ボツボツ ：稀稀落落，慢慢，一点一点

干青鱼子

那是发生在很久以前的事了。

有个乡下人，寒冬里去参拜伊势神社，在投宿的那家旅馆里第一次尝到了干青鱼子。"嗯，真好吃啊！我从来没有吃过这种东西，这叫什么？"因为太好吃了，他就问了旅馆的女佣人。女佣人告诉他："是干青鱼子。""俺回去的时候要买一些带回去。"于是乡下人启程回村时，买了干青鱼子当礼物。

回到家之后，他赶紧叫来家里人："我买了很稀奇的东西，你们赶紧来吃吃看。"说着，他便拿出干青鱼子让大家品尝。

可是，由于干青鱼子太硬，大家嚼也嚼不动，而且一点味道都没有。

"真是奇怪，这样的根本没法吃啊。"他嘴里嘟哝着，生气地把干青鱼子都丢到竹林里去了。

日子一天天过去，又到了春天。冰雪融化，小草也开始冒出嫩芽。

乡下人无意之中看了一下竹林，发现被丢掉的干青鱼子吸足了水分，变软了。他喜出望外，马上拿起来放到嘴里，结果非常美味。

于是，他很得意地请隔壁的老爷子吃。老爷子笑着说："这东西

真好吃。我也想买一些来吃。"

听了老爷子的话，乡下人讥笑他："说什么呢。这是'林之子'，你又没有竹林，怎么吃？"

日はどこから暮れる

むかし、むかし、ある時のことです。

吉四六さんが、町へ買い物に出かけて行きました。そして、日の暮れ方になって、提灯をともして戻って来ました。

すると、これを見た近所の人が、

「吉四六さん、遅かったでねえか、一体どこから、日が暮れたんかい。」と言って、たずねましたので、吉四六さんは、

「うん、四方八方から、暗くなったんだ。」

「フーン…それじゃあ、提灯はどっから、とぼして来たんだい。」

と言いますので、
「蝋燭の口からさあ…」

难词注解：

日が暮れる：天暗

天从哪里暗下来

这是很久以前的一个故事。

吉四六去镇上买东西，到了傍晚，他掌着灯笼回来了。有邻居看到了，问吉四六："吉四六，回来得这么晚啊？从哪里开始天开始暗下来的？"吉四六答道："从四面八方暗下来的。"

"哦……那么你从哪里开始点灯的？"

"从蜡烛的上端开始点的……"

絵に画いた道具

　浪人ものが、裏長屋に引っ越してきました。

　道具類は、一つもありませんでしたが、買うお金もありません
でしたので、ふと思いついて壁に白紙を張りました。そして、
それにたんすやら長持ちやらを、いろいろと色絵で画いておきま
した。

　すると、ある夜のことです——

　浪人の留守の間に、盗人が入って、これを本当の道具か
と思って、探してみました。が、壁ばかりで何もありませんでし

た。

　「はーて、こいつはおかしいな。」

　と、今度はあかりをとぼして見ますと、これは皆絵ばかりでし

たので、盗人はそこにどっかりとすわって、

　「何てまあ、ふとえやつだっ。」

难词注解：

裏長屋：简易住宅

纸画的家具

有一个浪人搬到陌巷里的一个简易住宅居住。

屋里家具之类的东西一样也没有，他也没有钱买家具。忽然，浪人想到了一个办法。他在墙壁上贴上一张白纸，然后在上面用彩笔画上了橱、柜等各式各样的家具。

一天晚上，浪人不在，家中进了一个小偷。小偷把家里的家具当成真的，找了半天，却发现尽是墙壁，什么也没有。"嘿，这可真奇怪啊！"小偷暗想着，这回他点亮了灯火一照，只见墙上全是画的家具。小偷一屁股坐到地上，叹道："嗨，真不要脸。"

片目の牛

　むかし、むかし、あるところの村に、ひとりのおどけ者があり
ました。

　目のつぶれていない一匹の牛の目に、膏薬をはりつけて、町
へ出かけて行きますと、

　「片目の牛、片目の牛…安くまけておくだぞ。」といって、町
の中をふれて歩きました。

　そして、どうも疲れましたので、一軒の家で休んでいました。

　すると、町の人はそっと膏薬をはがしてみて、

「何だ、これは…目なんかつぶれてはおらんぞ。よし、おらが買ってやんべか。」と、その牛を安く買って、帰っていきました。

翌くる日になって、牛売りの男は、また牛に膏薬をはって、こんどはたくさんの牛を曳いて、町へ出かけていきました。そして、昨日牛を買った町の人に、

「片目の牛は、いらんかな。うんと安く売ってやるでよ。」

と言いますと、町の人はまた、目がつぶれていない牛であろうと思ったので、

「よしよし、みんな買ってやろう。」と、自分から高い値段をつけて、買い取ってくれました。

牛売りはこんどこそ、片目の牛だったので、牛を売ってしまうと、大喜びで帰って行ったのです。町の人は、さっそく牛の目の膏薬を、はがしてみましたが、「う、うーん…こりゃ、えらいことしたぞ。今度はみんな、片目の牛でねえか。」と、たいへんに損をしてしまったと言うことです。

难词注解：

膏薬をはりつける：贴膏药

独眼牛

从前村里有个恶作剧者。他在好端端的牛的一只眼睛上贴上膏药，上街去了。

"独眼牛、独眼牛……便宜卖嘞。"他一边喊一边在街上转悠着。后来他很疲惫，就坐在一家门口休息。这时，镇上的一个人悄悄地揭下膏药一看："什么？这……眼睛不是没坏吗？行，我买了它。"于是把那头牛便宜买走了。

第二天，卖牛者又给牛眼贴上膏药，牵着一大群牛上街去了。然后，他来到昨天买牛的人那儿问道："独眼牛要么？给你多便宜点。"那人以为又是眼睛没坏的牛，就说："好的好的，我全买了。"并自己定了个高价，都买走了。

卖牛者这次卖的真是独眼牛，一卖出去，他就兴高采烈地回家了。买牛者一揭下膏药，发现自己损失惨重："啊……这下糟了！这次全都是独眼牛。"

サザエを買う

　むかし、ある時のこと、吉四六さんが町へ出かけていきました。
そして、魚屋の店先に並んでいるサザエを見ると、

　「おお、このさざえを買っていくべえか。」

　と言って、つかつかと店へ入り、

　「サザエを買ってくでな。だが、わしはその中の糞^{ふん}はいらん
から、取っておくれや。」

　魚屋はそれで、さっそく中身を取って、殻^{から}だけを渡してやり
ますと、吉四六さんはそれを持って、すたすたと帰って行きまし

た。

　次の日も、吉四六さんは昨日のように、またその魚屋の店へや
って来て、サザエを買いました。しかし、魚屋はどうも気の毒に
思いましたので、

　「今日はうんと、まけといてやんべ。」

　と、前の五分の一ほどに値段を負けて、売ってくれました。

　そこで、吉四六さんは、喜んでお金を払うと、そのままサザエ
をもって、帰ろうとしましたので、魚屋はびっくりして、

　「中の糞は、抜いてやんべや。」

　と言いましたが、吉四六さんは、

　「いんや、今日は急ぐんで、抜かんでもええ。」

　とさっさと帰って行ってしまいました。

　これには魚屋も、何ともいたし方がありません。おかげで大損
をしてしまったんだと。

难词注解：

すたすた：随便

买海螺

很久以前，有一次，吉四六上街，看到鱼店门口摆着海螺，就想："对了，买点海螺回去吧。"于是就很随便地走进店里说："我要买海螺。不过，我不要海螺壳里的粪，你给我挖了。"

鱼店老板立马取出里面的肉，只把空壳交给了吉四六。吉四六带着空壳匆忙地回去了。

第二天，吉四六跟昨天一样，又来到那家鱼店买海螺。这次，鱼店老板觉得很过意不去，就说："今天，我要非常便宜地卖给你。"于是，按上回的五分之一的价钱，便宜卖给了吉四六。

吉四六很高兴地付了钱后，拿着海螺就要出门。鱼店老板一惊，说道："海螺壳里的粪，不挖了吗？"吉四六回道："不用了，今天赶着回去，不挖也罢。"说着，回家去了。

对此，鱼店老板无话可说，这次他可亏大了。

赤く塗ったえび

　山奥に住んでいる田舎者が、京の町へ出かけて行きました。そして、魚屋の店先に、真っ赤な伊勢えびが並んでいるのを見ると、

　「ホホー…こりゃあなにとみごとに、塗ってあるでねえか。」
と言いながら、いろいろと手によって、さわってみていました。

　すると、魚屋の亭主は、「こまりますなあ、そんなにさわられちゃあ、いきがわるくなってよ…」と言うのを聞いて、田舎者は、

　「まったく、この赤い塗りようは、すばらしいや。」

难词注解：

いき：新鮮程度

染红的虾

一个住在深山里的人到京城玩，看到一家鱼铺在显眼的位置摆满通红的伊势大虾。

"嚯，好家伙，这颜色染的真红啊！"他一边说一边一只只拿起来端详。

鱼铺老板着急了，说道："真伤脑筋啊！你这样碰会变不新鲜的。"

乡下人听了依然感慨不已："能染这么红，真不简单啊！"

見世物

　「さあさあ、生きた虎だよ。評判、評判、銭は見てのおもどり。」と大鉢巻で呼びかけdocておりました。

　これをある田舎侍が、その看板をしばらく眺めておりましたが、「この看板の通りに、違いはないか。」と聞きますので、

　「はい、違っていたら、銭は取りません。ご覧じませ。」

　「それなら、もう見るには及ばん。」

难词注解：

見世物：表演

表　演

"快来看，快来看，看活老虎啦。好看，精彩，货真价实呦。"
扎着大头巾的商人吆喝着。

有一个乡村武士仔细地瞅了一会儿海报，问道："真像这海报
上写的那样，没有差错吗？"

"是，如有差错，一分钱不要。请看一下吧。"

"那样的话，就没有看头了。"

暗　算

　あるところに、暗算（あんざん）の名人がありました。

　たし算などは、けっしてまちがったことはなく、その上そろばんなどは使わないので、

　「こいつは、おどろいた。」

　といって、みんなはあきれていました。

　さて、ある時のことです。

　足し算が始まりましたので、その男のそばへ行って、じっと耳をすましていますと、読みあげるごとに、男の胸のなかで、パチ

パチ、パチパチ…という音が出しました。

难词注解：

耳をすます：听

心 算

从前有个擅长心算的人。他加法从来没有算错过，而且从来不用算盘。大家都惊叹道："这人实在太让人吃惊了！"

有一次，有人见那人已经开始算加法了，就走到他身旁，仔细一听，发现他每做一次加法，胸口就会发出"啪嗒啪嗒"的声音。